校長先生、がんになる

小林豊茂

第三文明社

はじめに

2016年夏。私にとって「青天の霹靂《へきれき》」としか言いようがない事件が起きました。それまでただの一度も入院なんてしたことがなく、大病とは無縁《むえん》だった私に、信じられない病名が告げられたのです。
病名は「肺腺《はいせん》がん」。それもステージⅣの末期《まっき》でした。

私はかつて14年間、中学校の教員を務めたあと、東京都教育委員会や葛飾《かつしか》区、東久留米市の教育委員会に勤務してきました。豊島区で初めて校長になったのは2008年、47歳《さい》のときです。それから校長を9年間務め上げ、やっと「学校づくりって楽しいな」というたしかな手応《てごた》えを得られるようになりました。校長として熟練《じゅくれん》するにつれて、「生徒や保護者・地域が誇《ほこ》れる学校を運営できるようになってきたな」と自信をもって仕事ができるようになりました。現在は、豊島区立明豊《めいほう》中学校で優れた教員たちと一緒《いっしょ》に、よい生徒を育てることを喜びとしています。

そんな「働き盛り」の55歳のとき、突然《とつぜん》のがん告知を受けたのです。

その日から私は、がんについて多くのことを学び、思索《しさく》を重ねました。どうして人はがんにかかるのでしょう。どの人間の体内でも、実は常にがん細胞《さいぼう》は作られています。普通は正常な細胞がどんどんコピーされ、細胞分裂《ぶんれつ》していくわけですが、何かの理由でたまたま細胞がミスコピーされることがあるのです。

がん細胞が体内に生まれたときは、通常は免疫力《めんえきりょく》によって細胞のミスコピーは淘汰《とうた》されます。ところが、免疫力によって壊《こわ》しきれないくらいたくさんのミスコピーが体の中に溜《た》まると、これが大きな腫瘍《しゅよう》に成長してしまうのです。

1グラムや10グラムのごく小さな腫瘍ならまだしも、臓器と見間違《みまちが》うほど腫瘍が大きく成長してしまうと、これは命取りです。私の場合、ステージⅣの一番大きながんは、なんと直径《ちょっけい》4センチにまで成長していました。

一般的《いっぱんてき》に「がん」と言われると、「不治《ふじ》の病《やまい》」「死」「治療《ちりょう》がつらい」「吐《は》き気や嘔吐《おうと》」「いままでどおりの生活ができない」「毛が抜《ぬ》ける」「仕事を続けられない」「治療費がかかる」「経済的に苦しくなる」「抗《こう》がん剤《ざい》は体にダメージが大きく副作用が大きい」「放射線《ほうしゃせん》治療は長い、痛い、苦しい」といった負《ふ》のイメージをもつかもしれません。「ステージⅣの肺腺がん」と言われたら、だれでも頭が真っ白になるのは当然でしょう。

1993年9月、人気アナウンサーの逸見政孝《いつみまさたか》さんが緊急《きんきゅう》記者会見を開きました。病気療養《りょうよう》中であることは報道されていたものの、実際の病名は進行がとくに速い、スキルス胃がんであると公表したのです。やせ細った逸見さんが「病名は、がんです」と告白した記者会見の映像は、すべてのテレビ局で放映され、たいへんな反響《はんきょう》を呼びました。

残念ながら、それからわずか3カ月後、逸見さんは死去してしまいます。あの記者会見をきっかけに「がん＝死」のイメージが日本中に広まりました。いつもテレビでひょうきんに活躍《かつやく》する人気者が、がんによって突然、亡《な》くなってしまう。人々は「がん＝死に直結《ちょっけつ》する病」というイメージを強く抱《いだ》いたことでしょう。

あれから四半世紀近くが過ぎ、医学は当時とは比べものにならないほど進歩しました。もはや「がん＝死に直結する病」とは言えない時代です。「ステージⅣの肺腺がん」と言われた瞬間《しゅんかん》、私は、「これからはどのように生きていけばよいのだろうか」と思ったことは事実です。

主治医から病名を告知されたとき、私は「もしわかっていても、余命《よめい》の話はしないでほしい」と思っていました。主治医も「平均余命が一般的にどのくらいだという推測《すいそく》はありますが、私もそういうことを言うつもりはない」と言ってくださったのです。もし、余命を聞いてしまえば、きっと私も「そのときまでは生きていたい」と考えてしまうでしょう。もし、告げられた余命まで生きられたとしても、そこからさらに『いつまで生きられるのか」という不安がよぎるでしょう。

毎年100万人が新たにがんにかかったとしても、そのうち、約60万人はがんとつきあいながら元気に生きていける。がん患者《かんじゃ》の3分の2は、現に生きている。がんにかかったからといって、「命のタイマー」がセットされたと考えるべきではありません。

どうも私たちは、「がん＝死に直結する病」というイメージにとらわれすぎているのではないでしょうか。大人が子どもたちに「がん＝死の病」というイメージを与《あた》えすぎているとすれば、これこそミスリードです。私たち大人は正しい知識をもち、最新のがん治療が大きく変化していることを知るべきでしょう。死と直結した病であるからこそ、世界中の医学者が必死で研究を積み重ねているのです。その知見は文字どおり日進月歩ですし、がんについて「死が前提《ぜんてい》」「不治の病」と早合点《はやがてん》するべきではありません。現実には、ステージⅣのがんにかかっても、私のように治療しながら普段どおりの生活をしているがん患者も大勢いるわけです。

もし、私が逸見さんと同時代にがんにかかっていたら、現在のような治療はできなかったでしょう。医学も医療技術も格段に進歩していますし、がん治療は四半世紀前とは完全に別の次元に入っています。

がんの宣告を受けたとき、不思議にも私に絶望感《ぜつぼうかん》はありませんでした。

「よし、ここから治してみせよう」

「再び元気になって、生徒の前に戻《もど》ってこよう」

ステージⅣの肺線がんという〝強敵《ごうてき》〟を前にして、私の心は阿修羅《あしゅら》のような闘志《とうし》でメラメラと燃え盛っていたのです。

がんは患者にとっても家族にとっても、身近な病気になりました。昔は患者にがんを告知しなかったり、家族にも秘密にしたりしていた時代もあります。しかし、病気の正体を知り、病気との最適な戦い方を知る。患者も家族も、納得ずくで戦いに挑《いど》むことが大切なのです。

健康診断とがん検診によって、一刻も早く病巣を見つける。もし、がんが見つかったときには、患者と家族、友人、知人が一丸となって治療に取り組む。みんながスクラムを組み、チームプレーでがんと戦う。そういう社会にしていかなければいけません。がん患者を支える社会、がん患者に優しい社会にしていかなければいけません。

小林豊茂

もくじ

第1章

健康診断で見つかった肺腺がん

2016年7月15日（金）

この日、私は豊島区の定期健康診断を受けました。

公立中学校の教員《きょういん》になって以来、私はほかの公務員やサラリーマンの皆《みな》さんと同様、毎年欠《か》かさずに健康診断を受けてきました。この日も採血《さいけつ》や尿《にょう》検査、レントゲン撮影《さつえい》、バリウムを飲んだうえでの胃の検査など、ひととおりの健康診断を受けました。

よもやこの健康診断で、大きな病気が見つかるとは思いもしません。もともと血圧高めの傾向《けいこう》はあったものの、前年（2015年）の健康診断では、それ以外に悪いところは見つかりませんでしたし、そもそも私は人生において、一度も入院を要する大病にかかったことがないのです。

この日の健康診断も、何の憂《うれ》いもなく、つつがなく終了しました。

定期健診でひっかかった「肺の異変」

２０１６年７月19日（火）

18日の月曜日は祝日だったため、中学校はお休みです。祝日明けの火曜日、いつものとおり学校に出勤すると、朝から電話がかかってきました。始業開始とほぼ同時、朝９時1分のことです。

電話の相手は、４日前に私のレントゲン撮影をした技師《ぎし》でした。電話口の向こうの様子は、ただごとではありません。

「朝早くすみません。担当医師の了解《りょうかい》を得まして、急いでご連絡《れんらく》さしあげました。レントゲン撮影の結果、小林さんの胸に異常《いじょう》が見つかりました。できるだけ早く、かかりつけの病院で精密《せいみつ》検査を受けてください」

胸に異常？　血圧高めの傾向だったから、血管が詰《つ》まっているのがわかったのかな？　それとも、肺や心臓に異変《いへん》が起きているのだろうか？　なにしろ私には、自分が病気持ちだという自覚症状《しょうじょう》がまったくないのです。

「胸に異常」と言われても、まるでピンときません。

レントゲン技師からの電話を切ったあと、私は養護教諭《きょうゆ》の先生に相談してみました。するとその先生は、血相を変えてあわてているではありませんか。

「校長先生、その言い方は普通ではありません。すぐに健康診断のデータをもらって、今日中にかかりつけのお医者さんのところへ出かけてください！」

果たして、私の身にのっぴきならない事情が発生してしまったのでしょうか。私は中学校を早退してレントゲン技師のもとを訪《たず》ね、健康診断のデータを受け取りました。そしてそのまま、自宅がある埼玉県所沢市《ところざわし》のかかりつけのクリニックへ直行したのです。

クリニックで簡単な診察《しんさつ》を受け、ＣＴ（Computed Tomography＝コンピューター断層《だんそう》撮影法）検査ができる最速の日程を予約しました。ＣＴ検査は1週間後です。いったい私の胸に何が起きているのか。それからの1週間、私は心に暗雲を抱《かか》えながら過ごすこととなりました。

ＣＴ検査で見つかった「白っぽい大きな塊」

２０１６年７月26日（火）

この日、私はかかりつけのクリニックでＣＴ検査を受けました。あの検査はあまり気持ちがよいものではありません。簡易《かんい》ベッドのようなところへ寝《ね》かせられ、筒状《つつじょう》の大きな機械の中に体ごと入り、放射線《ほうしゃせん》を当てられて体の中を撮影されます。ごく短い時間で撮影は終わりますが、否《いや》が応《おう》でも不安な気持ちになることはたしかです。

「コンピューター断層撮影」という名前のとおり、撮影された体内の画像はパソコンの画面に見やすく表示されます。要は体の中を輪切《わぎ》りにして、体内がどうなっているか可視化《かしか》する検査です。CT検査の画像を見た医師は、単刀直入《たんとうちょくにゅう》にこう言いました。

「あまりよくありませんね……」

ドキッとしました。

「右肺門《はいもん》（右肺の内側部分。気管支《きかんし》や肺動脈《どうみゃく》、肺静脈《じょうみゃく》などが入りくむ場所）と右肺の上部、それから左肺の下部に気になるものが見えます。できるだけ早い段階で全身PET（Positron Emission Tomography＝陽電子放射断層撮影法）検査、それから前立腺《ぜんりつせん》の検査を受け、検査入院しましょう」

この時点で、医師は疑《うたが》われる病気の具体的な固有名詞は口にしませんでしたが、主治医とは以前からの長いつきあいです。普段の診療時には気さくにコミュニケーションしてくれるのに、この日はやけに淡々《たんたん》と話をする。

その様子が、不気味な不安をかきたてます。

医学の素人《しろうと》である私にも、直観的に病名の予想はつきました。なにしろ、パソコンの画面に表示されているCT検査の画像を見ると、私の右肺の真ん中には、まるで臓器のような「白っぽい大きな塊《かたまり》」が見えていたからです。

私はこの場で、東京都健康長寿《ちょうじゅ》医療センター（板橋区）への検査入院を希望しました。この病院の整形外科《げか》には、かつて私の母や妻の母がお世話になったことがあります。お見舞《みま》いで訪《おとず》れたところ、まるでリゾートホテルのように建物や病室がきれいなことに驚《おどろ》き、医師や看護師が明るく快《かい》活《かつ》に仕事をされている様子に好感《こうかん》をもっていました。何かあったときには、私もここに入院したほうがよいと以前から思っていたのです。

偶然《ぐうぜん》にも、この病院のセンター長は、私のかかりつけのクリニックの主治医の恩師だというではありませんか。

「すぐ紹介状を書いて予約を取りましょう。小林さん、安心して検査を受けてきてくださいね」

主治医から力強く激励《げきれい》していただき、とても勇気づけられたことをいつまでも覚えています。こうして検査入院し、再検査することが決まりました。


2016年7月27日（水）～8月3日（水）

それからの1週間余り、私は針のむしろの上に座らされているような不安な毎日を過ごしました。この時期の一日一日は、精神的にかなり堪《こた》えました。こうして無為《むい》に時間を過ごしている間にも、私の胸の病気は刻一刻《こくいっこく》と悪くなっているのではないか。不安は入道雲のようにモクモクと大きくなっていきました。

また私には、校長としての仕事があります。もちろん突発的《とっぱつてき》な病気なのですから、病欠によって学校からしばらく離《はな》れることを咎《とが》める人などだれもいません。とはいえ、やりかけた仕事、これからやらなければいけない仕事のことを思うと、責任感は重く肩《かた》にのしかかります。検査入院までの限られた時間の中で、校務や校長会、教育研究会の職務の引き継《つ》ぎに追われました。

「健康診断で何かが見つかった」となると、妻や子どもたちは当然のこと、友人・知人、職場の教員・校長仲間は不安になるでしょう。しかもＣＴ検査の画像では、はっきりと大きな塊が写っていたのです。

病状が悪いことが判明すれば、家族やまわりの人たちは動揺《どうよう》するのではないか。半《なか》ば思いこみではありますが、私は周囲の目線を、少し神経質《しんけいしつ》に気にするようになりました。

ともあれ、病院でしっかり精密検査を受けてみなければ、本当の病状はわかりません。不安にさいなまれながら、検査の日は近づいてきました。

ステージⅣの肺腺がんが見つかった

2016年8月4日（木）

この日、私は一人で東京都健康長寿医療センターへ向かいました。診察室で出会った山本寛《ひろし》医師の第一印象は「若い！」です。

「今日これからひととおり検査できることを、ひとつずつやっていきましょう」

そう言われ、採血、尿検査、レントゲンなどの検査をしていきました。山本医師の応対はたいへん丁寧《ていねい》で物腰柔《ものごしやわ》らか、とても優しい先生です。山本医師と相対した瞬間、「この先生を信頼《しんらい》し、すべてお願いしてみよう」と心から思えました。そして、この日のうちに、続く検査の日程が決まりました。

8月12日（金）脳《のう》MRI検査
8月16日（火）～17日（水）検査入院、検体採取《さいしゅ》
8月18日（木）いったん退院
8月19日（金）PET検査

この日程を聞いた家族、とくに妻は、とてつもない不安に襲《おそ》われたに違《ちが》いありません。妻はかつて、父親を小細胞肺がんで亡くしていたからです。当時、義父は60歳の定年直後でしたから、家族が若くして重い病気にかかり、命を失ってしまうことの悲しみを、妻は私以上に身にしみて知っていたのです。

わが家にとっては、私の検査入院は大きな番狂《ばんくる》わせでした。この年の夏は、87歳（当時）の母と家族全員の日程を合わせて、一泊《いっぱく》旅行の計画を立てていたからです。家族旅行の予定日は8月9～10日でした。

母にとっては、孫たちとの初めての家族旅行です。幸い、一連の検査の

日程とはかぶらなかったため、旅行には予定どおり行くことができました。

私がこのような状態になっていることは家族みんなが承知《しょうち》ですから、本来の楽しい家族旅行とは少し雰囲気《ふんいき》が違ったように思います。でも結果として、家族全員の絆《きずな》を深めるまたとない機会になりました。母にとっても、このうえなく楽しい時間だったことでしょう。

歌舞伎役者・中村獅童と同じがん

2016年8月26日（金）

午前11時15分、私は外来で予約していた時間に東京都健康長寿医療センターへ出かけました。今日は一連の検査結果が出る日です。ところが、どういうわけか、待てど暮《く》らせど私の順番は回ってきません。私の名前が呼ばれたのは、予定から3時間以上が経過した午後2時半でした。

どうして待ち時間がこんなに長いのだろう。やはり病状が思わしくないのだろうか……。付き添《そ》ってくれた妻に、私はこうつぶやきました。

「〝最悪〟のことも念頭に置いておくようにね」

そしてとうとう、運命のときがやってきました。病室に入ると、山本医師は私と妻にこう言いました。

「肺腺《はいせん》がん、それもステージⅣです」

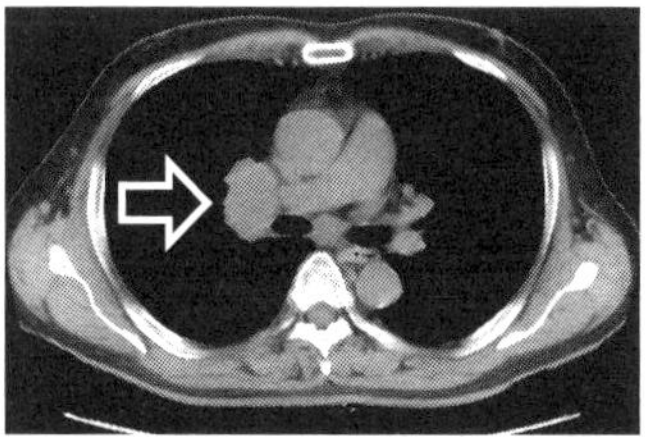
検査で見つかった右肺門4㎝のがん
（2016年8月16日）

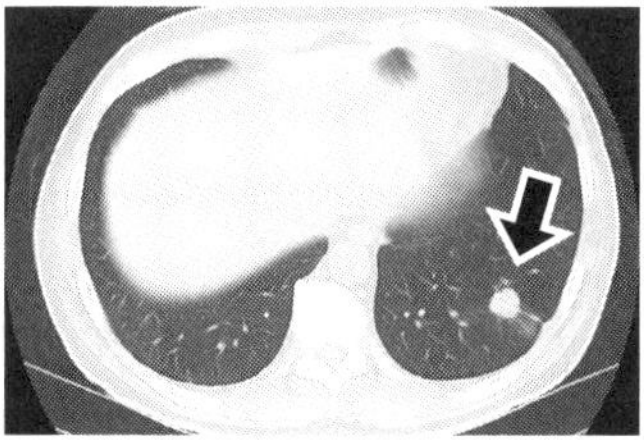
検査で見つかった左下葉のがん
（2016年8月16日）

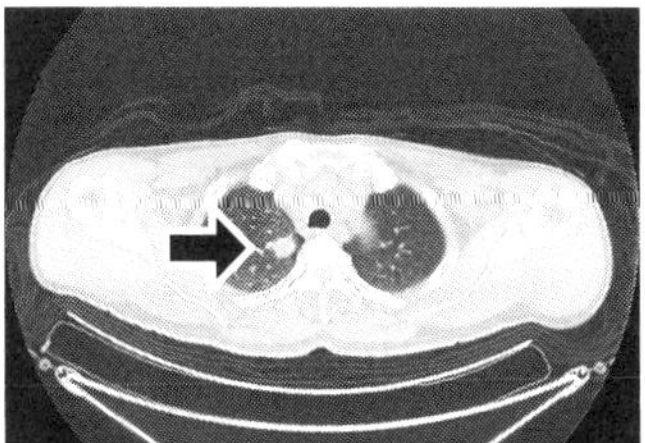
検査で見つかった右上鎖骨付近のがん
（2016年8月16日）

リンパ節転移《てんい》と考えられる4センチもある大きな腫瘍《しゅよう》に加え、同時に左下葉《かよう》と右上鎖骨《さこつ》付近にもそれぞれ肺がんがあり、2センチほどになっていました（23ページの写真）。

1センチの腫瘍には、なんと10億個ものがん細胞が詰まっているそうです。それを発見して治療せず、放っておけば、がんは2〜3年のうちにキログラム単位の大きさにまで増悪《ぞうあく》してしまいます。

翌2017年5月には、歌舞伎《かぶき》役者の中村獅童《しどう》さんが、私と同じ肺腺がんにかかっていることを告白して病気療養《りょうよう》に入りました。獅童さんの場合は初期の肺腺がんだったものの、私の場合、肺内の2つの腫瘍はステージⅢないしステージⅣで、右肺門の腫瘍はリンパ節転移です。しかし、幸いにして治療の可能性はあるとのことでした。

隣《となり》にいた妻は、さすがに大きなショックを受けている様子でした。

「医師はバッター、患者はピッチャー」

「毎年受けていた健康診断では、見つけることはできなかったのでしょうか」

そう尋《たず》ねると、山本医師は「おそらく１年前、健診のレントゲンではわからなかったのでしょう」と言いました。

健康診断を受けた豊島区健康診査センターでも「申し訳ないのですが、１年前の段階ではわかりませんでした」と言われました。たとえ、毎年、健診（または検診）を受けていたとしても、１年という短期間で、がんがとてつもなく大きくなることがあるのです。

肺がんの場合、検診によってがんが見つかった人の割合は０・０５パーセント程度だそうです（日本対がん協会　２０１５年「肺がん検査」の結果より）。「そんなものはムダではないか」と思う人もいるかもしれませんが、そのおかげでステージⅣの肺腺がんが見つかった私のような人間もいるのですから、やはり健康診断は定期的に受けておくべきでしょう。

どこかが外見でわかるように腫《は》れているわけでもない。痛みや自覚症状があるわけでもない。過去1年間を振《ふ》り返れば、私は風邪《かぜ》をひくどころか、咳《せき》すら出ない健康体でした。強《し》いて言えば、父がヘビースモーカーだったことは少し気にかかります。実家で暮らしていた大学卒業までの間は、父が吸うたばこの副流煙《ふくりゅうえん》による受動喫煙《じゅどうきつえん》を受けていたかもしれません。

ただし、小細胞肺がんは喫煙に起因《きいん》することが多いようですが、私がかかった肺腺がんは、喫煙とは最も縁《えん》が薄《うす》いがんだそうです。ですから、「父のたばこのせいで肺線がんにかかった」とは断言できないようです。単に免疫力《めんえきりょく》が落ちていたか、何かのボタンのかけ違いで悪性腫瘍が増悪してしまったのでしょう。

話を診察室でのやり取りに戻します。

山本医師は、患者《かんじゃ》には医師の治療方針を選ぶ権利があること、セカンドオピニオン（診断結果や治療方針について主治医以外のほかの病院の医師の意見を参考にすること）を聞いてから治療方針を決めても、まったくかまわないことなどを、丁寧に説明してくれました。でも私は、すでに山本医師と一緒《いっしょ》に戦っていくことを決めていました。

がんにかかってしまった私たち患者は、自分の力、自然治癒力《ちゆりょく》だけでは病気を治せません。医師の力、医学の最新の知見《ちけん》に頼《たよ》らなければ、がんとの戦いに負けてしまいます。ただし、医師はあくまでもがんと戦うときのバッターであり、患者はピッチャーではないでしょうか。

たとえ優秀《ゆうしゅう》なバッター（医師）をチームに９人揃《そろ》え、バッターがどんどんヒットやホームランを打って得点を取ってくれても、ピッチャー（患者）がそれ以上に敵チーム（がん）から点を取られてしまえば試合に勝てません。

正しい知識と技術をもった医師をたくさん揃え、がんに勝とうとする姿勢はもちろん大事です。でも、それ以上に何よりも「自分は絶対、試合に負けない」という強い意志をもったピッチャー（患者）でいなければ、戦いに挑《いど》む前から試合に負けてしまいます。

がんとの闘病《とうびょう》に限らず、人生万般《ばんぱん》に通じることだと思いますが、「勝つこと」よりも「負けないこと」のほうが大事なのではないでしょうか。戦いの途中《とちゅう》でへこたれず、「何があろうと自分は負けない」という負けじ魂《だましい》が必要なのではないかと思います。

ピッチャーとしてマウンドに立つ試合がピンチに陥《おちい》っても、途中で戦いを投げ出してはいけません。あきらめさえしなければ、チームのバッターが打ち返してくれます。必ず劣勢《れっせい》を挽回《ばんかい》してくれます。

私は山本医師に向き合い、こう言いました。

「この病院は以前、私の家族がとてもお世話になった病院です。この病院には不思議なご縁があります。偶然《ぐうぜん》のように思えますが、山本先生にこうして出会えたことは、私にとって何か意味がある。そう素直に、正直に思えるのです。私は絶対にがんを治し、元気になってみせます。病気と必死で戦います。ですから先生、私を応援《おうえん》して最高の治療をしてください。私は先生にかけています。どうかよろしくお願いします」

看護師の涙

私の話を聴《き》きながら、看護師が横で涙《なみだ》を流していました。涙の理由は、私の病状があまりにも絶望的だからではありません。

私と妻が診察室《しんさつしつ》から出てくると、彼女があとからついてきて、こう言いました。

「先ほどは泣いてしまってすみません。病気と向き合う小林さんの姿勢に、とても感動しました。山本先生はとてもすばらしい先生です。ほかの看護師も、みんな山本先生を慕《した》っているんですよ。一緒にがんばりましょう。私たちも全力で応援しますから」

聞けば山本医師は普段から冷静《れいせい》で、慎重《しんちょう》に話をするそうです。あのときは、私の熱い受け応《こた》えに、山本医師がいつも以上に熱く対応されていたようです。そのやりとりは彼女にも伝わり、ステージⅣのがんをものともせず、絶対に制圧してみせるという私の強い決意に胸打たれていたのです。

「不安に思うことや疑問に思うことがあれば、何でも遠慮《えんりょ》なく、いつでも言ってくださいね。直接呼び出してくださってもかまいませんし、電話をかけてくださってもけっこうですから」

彼女は、患者である私や妻の心情をよく理解して、このように温かい言葉で勇気づけてくれました。この病院の看護師の皆さんと担当医の佐塚《さづか》まなみ医師は、主治医の山本医師と同じように私に元気と希望を与えてくれる心強い大援軍《だいえんぐん》です。

いよいよこれから、病魔《びょうま》との熾烈《しれつ》な戦いが始まる。私が病魔にやられるか。それとも反対に、私が病魔をやっつけて退散《たいさん》させるか。勝つか負けるか、命をかけた一世一代の勝負だ。絶対に負けるものか——。

私の心は、これから始まる長い戦いへの闘志《とうし》でメラメラ燃えていました。

「がんは人を選ばない」

私は常々「精神力」と「生命力」は違うと思っています。体や心を鍛《きた》えれば、強い「精神力」が育っていくでしょう。ただし、人間を根底から揺《ゆ》り動かす強烈《きょうれつ》な「生命力」まで育つとは限りません。

医師はとかく「私たちはここまで治療しました。あとは患者さんの生命力の問題です」「治療は成功しました。今日が峠《とうげ》ですが、あとは本人次第です」といった言葉を口にしがちです。

医師がこういう言葉を告《つ》げるときは、もはや患者の「精神力」が問題なのではありません。「病気になど絶対に負けない！」「私は断固《だんこ》として生きるのだ！」という「生命力」があるかどうかが問題なのです。

心を鍛《きた》えることと命を鍛えることは、次元が違うのではないでしょうか。知識を得たり、体を鍛えることによって、心は鍛えられます。自分の行動力いかんによって、強い精神力が身につくことは間違いありません。そのうえで、がん患者は剣豪《けんごう》の修行《しゅぎょう》のように命を鍛え、人から学び、人とのつながりの中から「生命力＝生きようとする力」を得ていくべきなのです。

私はいつも切り花を喩《たと》えに使います。土に植わった植物は、根から水分や養分を吸い上げなければ生きていけません。部屋の中で切り花を飾《かざ》るときには、根を切り落として水を張った花瓶《かびん》に入れます。チューリップやバラの切り花を花瓶の水に入れた瞬間、花はしおれてしまうでしょうか。そんなことはありません。

花を咲《さ》かせ、種子《しゅし》を残そうという目的があるときは、根がなくても花はなかなかしおれないものです。それどころか、根がなくても幹から水を吸い上げ、花を咲かせようとするではありませんか。疲《つか》れた幹をハサミでさらに切り落としたり、断面《だんめん》を軽く火であぶって消毒《しょうどく》してあげれば、切り花は見違えるように生き返るから不思議です。

ハサミで切られた部分がたまたま根の代役を果たしているというよりは、「花を咲かせる」という目的があるから、切り花は必死で生きようとするのです。すべての植物が、切り花や挿《さ》し木のような手法で元気に育つわけではありません。生きる目的、生命力を発揮する目的がなければならないのです。

切り花と同じように、人間も「生きる目的」を明確に見出《みいだ》したとき、強く生きようとするものではないでしょうか。たとえ病気によって根が蝕《むしば》まれてしまったとしても、強靭《きょうじん》な生命力さえあれば、再び元気に生きられます。

がん患者に対して医師が一生懸命、治療したところで、肝心《かんじん》の患者に生きようとする強い意志がなければ、元も子もありません。人間だれしも、いつがんにかかるかわからないのです。ならば、すべての人々が、普段から心の大切さ、命の大切さを学ぶべきではないでしょうか。心を育て、命を育てることこそが大事なのです。

ユニセフ（国連児童基金）の親善大使を務めるアグネス・チャンさんは、乳がんの闘病経験があります。アグネス・チャンさんは「がんは人を選ばない」と言いました。

がんがだれを指名するかは、だれにも予測はつきません。「なんで僕《ぼく》が」「なんで私が」と驚き嘆《なげ》くことなく、いざ、がん患者になったときに「なにくそ負けるか」と闘志を燃やす。がんへのファイティングポーズを取る。そのために「心の教育」「命の教育」が大事なのです。

第２章

人生初の入院生活

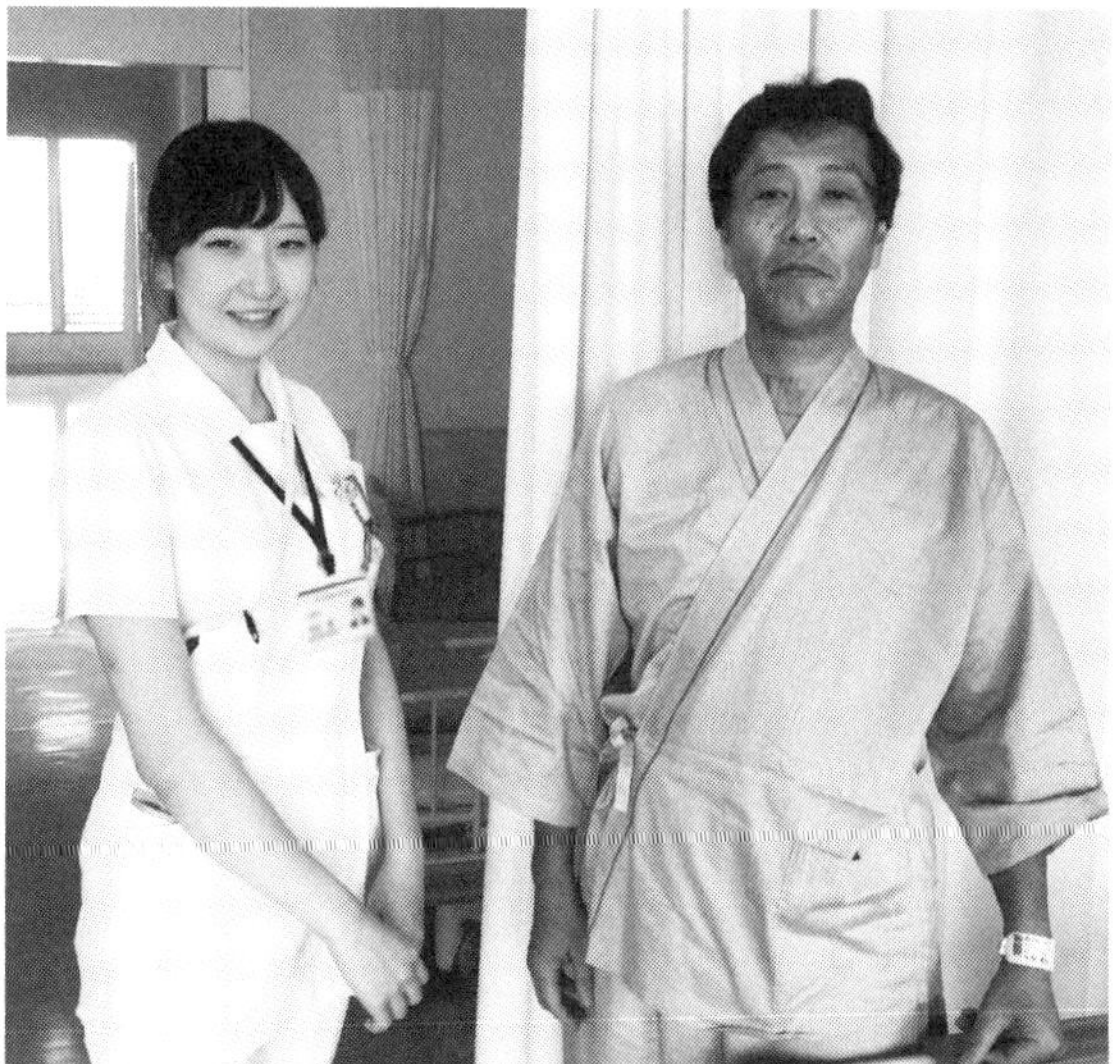

放射線治療と抗がん剤治療がスタート

2016年8月30日（火）

午前10時、私は東京都健康長寿《ちょうじゅ》医療センターに入院しました。大きな病気とは無縁《むえん》の人生を歩んできた私にとって、人生初の入院生活です。

前日の8月29日は2学期の始業式でした。始業式にはいつもどおりに出席し、ステージⅣのがんが見つかったことは教職員にしか知らせていません。かわいい生徒たちは、私の病気についてまだ知らないままです。

病院では、まずPET（陽電子放射断層撮影法《だんそうさつえい》）とMRI（Magnetic Resonance Imaging＝核磁気《かくじき》共鳴画像法）による検査を受けました。さらに体の中に気管支鏡《きかんしきょう》を入れ、がん細胞そのものを取って調べる生検検査も受けました。生検検査によって遺伝子レベルでがんの性質を調べれば、より適切な治療《ちりょう》を受けられます。ひと口に「肺腺《はいせん》がん」と言っても、効果が高い薬や治療法はまったく異《こと》なるのです。

私の肺腺がんは、がん細胞の形状に合わせてピンポイントで悪いところを攻撃《こうげき》する「分子《ぶんし》標的薬《ひょうてきやく》」を使えないことがわかりました。「分子標的薬」を使えれば効果が高く、なおかつ副作用が少ないのですが、残念ながらこの治療法は採用できないとのことです。

私は１９６１年生まれの50代半ばですから、体力はまだ十分満《み》ち満ちています。外科手術によってがんを丸ごと取り除くことができるのであれば、望むところです。問題は、最も大きな腫瘍《しゅよう》が「肺門《はいもん》」という肺のど真ん中にくっついていることでした。外科《げか》手術によって、それを切除《せつじょ》することは、この位置では危険すぎるため不可能です。

がんは左下葉、さらに右上鎖骨《さこつ》付近にもあります（この右上鎖骨付近のがんが原発巣《げんぱつそう》のようです）。これらは外科手術によって除去《じょきょ》可能ではありますが、片方を手術しているうちに、もう片方への手立てが遅《おそ》くなる可能性がありました。こうした情報を総合的に判断した結果、「切除による治療は考えられない」という結論に至ったのです。

初めての入院生活中、私は放射線《ほうしゃせん》治療と抗《こう》がん剤《ざい》治療という二段構《がま》えで、がんをやっつけることになりました。9～10月は1日1回ずつ延《の》べ30回の放射線治療を受け、同時に毎週金曜日には、点滴《てんてき》による抗がん剤治療を受けるスケジュールです。治療は待ったなし。なにしろ私のがんはステージⅣなのです。入院早々、重要な治療がスタートしました。

がん細胞への宣戦布告

2016年9月2日（金）

翌週の月曜日（9月5日）から、月～金（合計30回）のスケジュールで放射線治療が始まります。放射線を当てる時間は、わずか30秒で済むとのことでした。何時間もベッドに横になるわけではないため、ちょっとホッとしました。

患部《かんぶ》ではない場所に放射線が当たると、健康体の細胞まで放射線が殺すことになり、副作用が発生してしまいます。患部のみにピンポイントで放射線を当て、副作用を最小限にとどめるため、放射線を当てる位置を綿密《めんみつ》に確認していきました。いまや、医学は長足《ちょうそく》の進歩を遂《と》げているのです。

午後からは、初めての抗がん剤治療が始まりました。3時間半にわたって点滴で少しずつ抗がん剤を入れていくため、気長に待つしかありません。

「この薬でがん細胞をやっつけてやる」

「お前たち、がんには絶対負けないからな」

私の体を蝕《むしば》む悪い細胞への宣戦布告《せんせんふこく》です。

体内に抗がん剤を入れるとなると、嘔吐《おうと》やアレルギー反応、筋肉痛や関節痛など、体調が悪化したり、副作用が出るのではないかと気になりましたが、幸いにも副作用は何ひとつなく、助かりました。抗がん剤治療を受けたというのに、就寝《しゅうしん》時間を前に、自然とすやすや寝入《ねい》ってしまったほどです。夜中に2回ほど目を覚《さ》ましたが、この日はぐっすりよく眠《ねむ》れました。

ただし、抗がん剤治療が始まって2~3週目になると、白血球の数値が大きく低下するのです。「骨髄抑制《こつずいよくせい》」といって、白血球を作っている骨髄の機能が抗がん剤によってどんどん落ちていきます。

ウイルスなど外から異物《いぶつ》が入ってきたときに、白血球は異物を敵と見なして攻撃を始めます。その白血球がほぼなくなるくらいまで数値が下がるため、抗がん剤治療の期間中は感染症《かんせんしょう》に警戒《けいかい》しなければなりません。誤《あやま》って風邪《かぜ》をひいたり、不用意に生《なま》野菜や果物を口にしておなかを壊《こわ》すようなことがあると、治療に差し支えます。これからは自己管理の戦いです。

また、抗がん剤の影響によって赤血球の数値まで下がっていった場合は、輸血によって血を取り替《か》えなければいけません。抗がん剤治療をやっている最中は、表面上は健康体に見えるものの、血液の中はどんどん抵抗力《ていこうりょく》がなくなってきているのです。ですから入院中は、常に血液検査をやりながら血液の様子を観察しなければなりません。

患者というマラソンランナーに伴走する看護師

ステージⅣのがん患者《かんじゃ》とはいえど、ベッドでゴロゴロ寝ているだけでは体がなまってしまいます。体がなまれば、心まで気弱になってしまうものです。そこで私は毎朝30分程度、病院内を散歩することにしました。さらに、私が入院している9階から1階まで、階段を上《のぼ》り下《お》りして運動をすることにしました。エレベーターなんて使っていられません。

病気に負けてなるものか。体力をつけ、気力をみなぎらせ、病気と戦う態勢《たいせい》を整えなければなりません。

そんな私を、看護師が勇気づけてくれるのは大きな力になりました。とくに、入院当初の病棟《びょうとう》の担当看護師はキャリア2年目（当時）で、いつも明るく元気に声をかけてくれ、何でも話せる存在で、大感謝しています。闘病《とうびょう》生活についてこまめに情報交換し、困ったことや悩みがあればすぐさま相談できるように、この病棟では、看護師が交換《こうかん》ノートを用意してくれました。

闘病を始めてわかったことですが、患者にとって「病院選び」はとても大切な要素です。施設《しせつ》がきれいで清潔感にあふれていることも重要ですが、何よりも、医師や看護師の熱意と人間性こそが最重要だと感じました。

とくに、私が強調したいのは看護師という存在の重要性です。なにしろ入院患者にとっては、見舞《みま》いに来てくれる家族よりも身近で頼《たよ》れる存在が看護師なのです。名看護師チームと出会えるかどうか。この一点が、患者の闘病生活の方向性を大きく左右すると私は思います。

２０１６年９月５日（月）

この日から抗がん剤治療に加えて、放射線治療がスタートしました。地下の放射線治療室に出向くと、医師に加えて若い放射線技師と看護師が待ち構えています。放射線を当てる箇所《かしょ》を明示するため、胸に幾何学《きかがく》模様のペイントをされました。あとは患部に放射線を照射《しょうしゃ》し、私はただ横になって寝ているだけです。

がん細胞の連中は、いきなり不意打ちを食《く》らって驚《おどろ》いたことでしょう。寝転がっているときに突然、砲弾《ほうだん》の雨あられを浴びせられたようなものですから、がん細胞軍団は手負いの状態になったに違《ちが》いありません。攻撃はこれから毎日続きます。

「がん細胞よ、覚悟しておけよ！」という気持ちでした。

2016年9月9日（金）

2回目の抗がん剤治療の日。ポタン、ポタン、ポタン……。したたり落ちていく点滴《てんてき》の一滴一滴に祈りをこめて体に入れようと治療に臨《のぞ》みました。ベッドに横になりながらチューブを眺《なが》めていると、点滴が落ちるスピードは思ったよりも速いのです。やや寝不足気味のせいでしょうか。「しずくが1滴、しずくが2滴……」と数えているうちに「羊が1匹《ぴき》、羊が2匹……」と同じく気持ちよくなり、いつしか私は眠《ねむ》りこけていたのでした。

抗がん剤治療に加え、この日は放射線治療もありました。がん細胞にとってはダブルパンチの攻撃です。やるかやられるか、命がけの戦いです。天使のような看護師チームに見守られながら、この日も治療に臨むことができました。相変わらず副作用はまったくなく、快適な日々です。

病院内の散歩、9階までの階段の上り下りに加え、朝6時20分から始まるラジオ体操も始めました。がん患者として入院中であっても、工夫《くふう》次第で運動はいくらでもできるのです。

この日は少し早く休むことに決め、寝る前に自宅に電話をかけました。iPhone《アイフォン》の「Face《フェイス》 Time《タイム》」というアプリを使うと、テレビ電話でお互《たが》いの顔を見ながら会話ができます。これはすばらしい機能です。IT通信革命のおかげで、病気と戦う我々のような患者は、見舞いに来られない家族と、どこにいても顔を見て話すことができ、大助かりです。

２０１６年９月10日（土）

２回目の抗がん剤治療を受けた直後だけに、「副作用が出るのではないか」と、夜中に目が覚めたとき、ベッドの上で真っ先にそのことを気にしました。まず手の指を動かして確認してみましたが、しびれはありません。次に足の指を動かすも、しびれはなし。体のほかの場所にも痛みはなく、副作用はゼロのようです。

医師からは、私のような抗がん剤治療を受けた人のうち、4割にしびれの副作用が出ると聞いていましたから、安心しました。

2016年9月12日(月)

2度の抗がん剤治療を踏《ふ》まえ、採血《さいけつ》の日です。いつものように早朝から運動をするのは控《ひか》え、午前中はゆっくり過ごしました。回診《かいしん》にこられた担当医の佐塚《さづか》医師が「適度な運動は必要ですからね」と声をかけてくれました。副作用もなく、体がつらくない限りは、なるべく積極的に運動しようとあらためて決意しました。

遅ればせながら病院内を散歩していると、レントゲン技師たちから声をかけられました。

「今日は遅いですね。治療だったんですか?」

技師たちも私の顔と名前を覚えてくれたようです。毎日の散歩や陽気な振《ふ》る舞《ま》いで、どうやら私は病院内の有名人になってしまったようです。

クロスワードパズルとナンプレに救われた

２０１６年９月13日（火）

公立中学校の校長として働いていると、たくさんの来客がありますし、毎日が目まぐるしく過ぎていきます。それに比べると、入院中の生活はかなり穏《おだ》やかです。なにしろ、私の任務《にんむ》は病気を治すことなのですから、ベッドの上でバリバリ事務仕事をするわけにもいきません。とはいえ、ベッドで寝てばかりいたら頭も体もどちらも鈍《にぶ》りそうです。

入院直後に見舞いに来てくれた知人が、気の利《き》いたおみやげをもってきてくれました。クロスワードパズルの本です。

「時間がたっぷりあるからちょうどいいや。入院期間にやりきれそうだな」

そう思いながらクロスワードパズルをやり始めたら、一気にハマってしまいました。病院では仕事は何もありませんから、朝から集中してクロスワードパズルに取り組みました。仕事のことを忘れ、気を紛《まぎ》らわせるためにも、パズルはとても役立ちました。なにしろ難しい問題がたくさんちりばめられていますから、あっという間に時間が過ぎるのです。

たとえば「一□一□」の「□」の部分に漢字をハメこむ四字熟語《じゅくご》は何かという問題がありました。

私には、「一期一会《いちごいちえ》」くらいしか思いつきませんでしたが、実際には「一言一句《いちごんいっく》」「一汁一菜《いちじゅういっさい》」「一日一善」「一問一答」「一喜一憂《いっきいちゆう》」「一宿一《いっしゅくいっ》飯《ぱん》」「一進一退」「一朝一夕《いっちょういっせき》」「一長一短」など、答えは無数にあるのです。

私の担当医は東大医学部卒の超《ちょう》エリートだったので、私は先生を見つけると、「いま、クロスワードパズルをやっているんですけど、こんな熟語はありますか？」とお知恵を拝借《はいしゃく》するのが楽しみで、診療時にはおおいに盛り上がったものです。

ナンバープレイス（ナンプレ＝数独《すうどく》）の難問にも必死に取り組み、クロスワードパズルとともに完全にハマりました。入院から２週間が過ぎるころには、クロスワードパズルとナンプレの本は４冊にまで増えていました。見舞いに来てくれた知人が変わったおみやげをもってきてくれたおかげで、私の入院生活はとても楽しい時間へと様変《さまが》わりしました。

２０１６年９月15日（木）

朝一番で採血、さらにレントゲン検査といつもの放射線治療を受けました。医師の話では、放射線治療や抗がん剤治療の影響で、白血球の数値が想定どおり低下してきているとのことでした。

運動はいままでと変わらずやってかまわないそうですが、感染症にはとくに注意しなければなりません。まかり間違《まちが》って風邪をひいたり、病気をすると、いまの白血球の状態では免疫《めんえき》機能が十分働かないからです。

夕食を終えたあとの夜7時半過ぎ、テレビを観《み》ていたとき、とうとう恐《おそ》れていた異変《いへん》が起きました。来た、来た、来たぞ……。右手の小指のあたりに、いままで感じたことのないしびれが出始めたのです。

「副作用なんかに怖気《おじけ》づいて負けてはいられない！　副作用が起きて異変を感じているということは、がん細胞だってかなりのダメージを受けているはずなのだから……」と、気を持ち直したものです。

しかし、そのしびれは右手をついてテレビを観ていたからで、すぐに治ってしまいました。神経質になっていただけでした。

2016年9月17日（土）

「今日は早く休もう」と思って寝る準備を始めたら、友人から iPhone のアプリ「Face Time」にテレビ電話がかかってきました。同期が集まって飲み会を開いており、私の話題になったのだそうです。画面の向こうでは20人近くが集結《しゅうけつ》し、懐《なつ》かしい仲間から次々と熱い激励《げきれい》を受けました。

うれしくて涙が出そうになりましたが、ここでメソメソしたら仲間たちに心配をかけてしまいます。持ち前の明るさで冗談《じょうだん》を飛ばしながら、電話口で大いに明るく振る舞いました。製薬会社に勤めている同期はこう言いました。

「抗がん剤の進歩はすさまじい。しかも小林はまだ若いのだから、いまの治療を受けていればがんは必ず治る。医師と薬を信じて全力で戦え。俺《おれ》たちも応援しているから」

30分にわたって、みんなから口々に激励の声をかけてもらいました。勇気百倍です。友人が言うとおり、現在の医療は5年前、10年前とは比較《ひかく》になりません。医学の力を信じ、決してあきらめない。最新の医療の知見《ちけん》に頼り、がんを最小限に抑《おさ》えこむ。これから5年、10年と寿命を延《の》ばして生きれば、医学の知見はさらにダイナミックに進歩するに違いありません。

夜中の1時半、突然、目が覚めてしまいました。ふと、またしびれを気にしましたが、まったくありません。それどころか、寝起きから頭はスッキリと冴《さ》えています。

楽観的《らっかんてき》性格、千客万来《せんきゃくばんらい》、清潔な環境、和楽《わらく》の家庭……。これらの諸条件がガチッと揃《そろ》ったとき、がんと戦う力が一段と湧《わ》き上がるように思います。だれも見ていないところで力を抜《ぬ》いて怠《なま》けるのか。それとも、だれが見ていようがいまいが100パーセントの力を振《ふ》り絞《しぼ》るのか。戦いから逃《に》げず、がんという大敵と真剣《しんけん》に向き合う。これはまさにガチンコ勝負です。

2016年9月20日（火）

東京都健康長寿医療センターは急性期病院のため、私の病室の患者さんは2週間程度で退院（または転院）されています。私はすでに3週間も入院しているため、病院ではすっかり古株《ふるかぶ》になってしまいました。

天使のような看護師チームに加え、放射線技師のイケメン軍団とも、親交が深まりつつあります。この病院のスタッフは、皆《みな》とても気さくで、驚くほど愛想《あいそう》がよいのです。

私は、彼らに素朴《そぼく》な疑問を投げかけてみました。

「タトゥーを入れた患者は、放射線治療を受けても大丈夫《だいじょうぶ》なんですか」

「塗料《とりょう》に使う鉄分に放射線が当たると、うまくいかないんじゃないかな」

なるほど、タトゥーなどは放射線治療に何らかの影響があるようです。

私のまっさらな背中も10回も放射線を当てていると、そこだけ少し赤くなってきてしまいました。看護師に軟膏《なんこう》を塗《ぬ》ってもらい、低温やけどのような症状をやわらげることになりました。でも、おかげでひどくなることはなく、一時期だけで済みました。

はるばる長野県・蓼科から見舞いに来てくれた友人たち

2016年9月21日（水）

ありがたいことに、私のところへは毎日のように見舞い客が来てくれます。この日はなんと合計8人も来てくれました。ステージⅣの肺腺がんと聞いて、もっと悪い状態だと想像していたのでしょう。皆さん私の顔を見ると、あまりにも元気なので驚きます。同時に喜んでもくれました。

「見舞いに来たこっちのほうが元気づけられますよ。小林さんはとても入院患者には見えないですね。今日は来た甲斐《かい》があった」

そう言ってもらえるのは、本当にありがたいです。病気と戦う私の姿が、健康な人たちまでも勇気づけられるとは思いもしませんでした。

2016年9月23日（金）

放射線治療のことを、病院では「リニアック」と呼びます。月曜日から金曜日まで、朝9時近くになると看護師から「小林さん、リニアックの時間ですよ」と声がかかります。

私は「はーい、それじゃ、ひと浴《あ》びしてきますかね」と言って、まるでシャワーでも浴びるようなノリで病室を出ます。放射線治療を受ける部屋は地下1階にあるため、敢《あ》えてエレベーターは使わず、病室がある9階から地下1階まで、歩いて階段を下りて向かうのが私の日課です。

背中から15秒、胸から15秒、合計30秒、放射線を浴びます。皮膚が少し赤くなる症状《しょうじょう》はありますが、放射線を浴びたからといって熱くも痛くもありません。ごく短い時間の治療を受け、放射線技師のイケメン軍団とたわいない雑談をすれば治療は終わります。

しかし、ここ数日、担当医の佐塚医師から「何か不安は？」とか「本当はつらい？」と毎回、尋《たず》ねられるのです。

「どうしてですか？」と逆に聞き返したところ、看護師たちが「最近、小林さんの表情が険《けわ》しい」と話していたのだとか……。

実は、懸案《けんあん》のクロスワードパズルやナンプレが、思うように進んでいなかったのです。

「だんだん難易度《なんいど》が上がってきて、退院までに終わらないかも」

そんな胸の内を明かしたところ、「無理せず時間を決めてやってくださいね」「それから姿勢が悪いのが気になります。椅子《いす》にふんぞり返る姿勢はダメですよ」と注意されてしまいました。

第３章

同級生・栗山監督がリーグ優勝

2016年9月28日（水）

高校時代、私は日本ハムファイターズの栗山英樹《くりやまひでき》監督《かんとく》と同じクラスでした。「栗山」「小林」は同じ「か」行で名簿《めいぼ》順《じゅん》が近かったこともあり、同じ班になったり、仲良くふざけたりしたものです。私たちは「英樹」「豊茂」と下の名前で呼び合う仲でした。

高校を卒業後、彼は東京学芸大学に進学して野球を続け、ヤクルトスワローズでプロ野球選手になります（1984～90年）。現役を引退してからは、母校の東京学芸大学や白鷗《はくおう》大学の教壇《きょうだん》に立っていました。

あるとき、東京都教育委員会主催《しゅさい》の研修会で久しぶりの再会を果たし、喜び合いました。その彼が、まさか監督就任《しゅうにん》1年目で優勝するとは思いませんでした（2012年にパ・リーグで優勝）。

そして4年後の2016年9月28日、再びパ・リーグで優勝を果たしたのです。私は思わず病院でガッツポーズをし、「万歳《ばんざい》」と叫《さけ》びました。

わずか３週間の治療でがんが半分に！

２０１６年10月１日（土）

回診《かいしん》にやってきた担当医の佐塚医師から、「近いうちにＣＴを撮《と》って治《ち》療《りょう》計画を立てたい」と言われました。残り10回の放射線《ほうしゃせん》治療は予定どおり行い、そのあとにドバッ！　と、今後の通院治療を前提《ぜんてい》にしたまとまった量の抗《こう》がん剤《ざい》を点滴《てんてき》する計画なのだそうです。そうすれば、10月25日あたりにはいったん、退院できるだろうとのことでした。

「この際、中途半端《ちゅうとはんぱ》な治療を受けるよりも、医師の言葉を信じてやれることをすべてやってしまったほうがいい。その間、病院でしっかり養生《ようじょう》しながら社会復帰への英気を養《やしな》えばいい」と、私は確信しました。

「追撃《ついげき》の手を緩《ゆる》めるな」という言葉を思い起こし、がんとの間断《かんだん》なき戦いへの決意に燃えました。

2016年10月4日（火）

9月5日から始まった放射線治療も、ついに20回を数えました。

CTで撮影した患部《かんぶ》の写真を主治医の山本医師と一緒《いっしょ》に見たところ、驚《おどろ》くべきことが判明《はんめい》しました。なんと一番大きな肺門《はいもん》（肺の真ん中）のがんも、肺の右上にあるがんも、半分以下の大きさになっているではありませんか。放射線治療の効果が、これほどまでに大きいとは予想以上でした。

一方、肺の左下にある腫瘍《しゅよう》には放射線を当てていないのですが、腫瘍の大きさはやはり半分以下になっているとのことです。CTの写真では中が黒く見えており、中身が空洞《くうどう》になっていると医師は言います。こちらは、抗がん剤の成果がはっきりと出ていたのです。

入院から3週間という短い期間で、順調に治療は進んでいきました。ステージⅣの肺腺《はいせん》がんであっても、あきらめずに医療の力を信じれば、このように成果は出るのです。

２０１６年10月７日（金）

予定していた抗がん剤治療がすべて終了しました。放射線治療と併用《へいよう》しながら抗がん剤治療を完全実施できたことは、治療が順調であった証《あか》しでした。不思議なことに、ここまでの治療にはつらさや痛みといった副作用が全然ありませんでした。

病室から楽しんだ花火大会とテレビ電話

２０１６年10月８日（土）

夕方から夜にかけて、荒川河川敷《かせんじき》の花火大会がありました。９階にある私の病室からは、岩淵水門《いわぶちすいもん》での花火の打ち上げがとてもきれいに見えるのです。同室の患者が「看護師さんたちにも知らせてあげよう」と言います。そこで、私が看護師を呼びに行くことになりました。中学校の校長先生も、病室では最年少。そして、一番元気だったからです。

ところが、ナースセンターに看護師はいたものの、あまりにも忙《いそが》しそうで、「花火を見たら?」などと声をかけられなくなり、私はとっさに腹《はら》が痛いことにして、胃薬をもらって病室に帰ってきました。

また、1週間後の土・日には、病院前にある板橋区大山商店街のお祭りで、サンバカーニバルもあるそうです。楽しいイベントで気分を明るくし、同室の患者や病院のスタッフと一緒に、元気に治療に励《はげ》もう。私の気持ちは、ますます前向きに楽観的《らっかんてき》に盛り上がっていきました。

2016年10月11日（火）

夜勤の看護師と雑談しました。看護師は私がiPhone《アイフォン》のテレビ電話「Face Time《フェイスタイム》」で家族と話していた様子を、たまたま目にしたそうです。「この機能を使えば、家族がわざわざ見舞《みま》いに来なくても、お互《たが》いの顔を見ながらしゃべれるんですよ。幸村《ゆきむら》（飼《か》い犬の名前）の顔も見られます」

私が毎日、病院内を散歩したり、階段を上《のぼ》り下《お》りして運動していることを彼女たちはよく知っています。これだけ元気に歩き回る患者が、こんなに長く入院する例はめずらしいようでした。

「いつまで入院の予定ですか」と訊《き》かれたので「放射線治療の関係で、今月下旬までは間違《まちが》いなく、いる予定です」と話したところ、看護師が喜んでくれました。

看護師と仲良くコミュニケーションがとれるのはけっこうなことですが、病院暮らしが長いおかげで喜ばれるとは、何やら複雑な気分です。

プロ野球クライマックスシリーズに興奮

2016年10月16日（日）

プロ野球では、まずセ・リーグとパ・リーグに分かれて、各6チームがリーグ優勝を争います。続いてリーグで1位から3位に入った3チームが、クライマックスシリーズへ進みます。クライマックスシリーズのファーストステージでは、リーグ2位と3位のチームが3戦し、先に2勝しなければファイナルステージには勝ち上がれません。

ファイナルステージでは、リーグ優勝したチームに、ファーストステージを勝ち上がったチームが戦いを挑《いど》みます。リーグ優勝したチームは1勝分の権利を戦わずして得ており、6戦を戦って先に4勝したチームが、晴れて日本シリーズへ進むのです。

せっかくリーグ優勝を果たしても、続くクライマックスシリーズで3チームが入り乱れ、下剋上《げこくじょう》によって日本シリーズへ進むチームが入れ替《か》わる可能性があり、最終的に日本シリーズへ進むのは、容易《ようい》ではありません。

2016年のパ・リーグのクライマックスシリーズ・ファイナルステージは、最終的に日本ハムファイターズとソフトバンクホークスの一騎打《いっきう》ちになりました。私の同級生・栗山監督がプロ野球の第一線で戦いを繰《く》り広げる最中、私は入院生活を戦うことになりました。

札幌《さっぽろ》ドームでのクライマックスシリーズは、以下のように推移しました。

10月12日（水）第1戦　6対0（日本ハムが勝利）

10月13日（木）第2戦　4対6（ソフトバンクが勝利）

10月14日（金）第3戦　4対1（日本ハムが勝利）

10月15日（土）第4戦　2対5（ソフトバンクが勝利）

日本ハムは、1勝分の権利を握《にぎ》った状態でクライマックスシリーズに臨《のぞ》みました。ですから、第5戦ないし第6戦であと1勝すれば、日本シリーズ進出が決まります。

果たして10月16日、クライマックスシリーズ第5戦で、日本ハムは7対4の勝利を収めたのです。いよいよ日本シリーズへ突入《とつにゅう》です。栗山監督の戦いぶりは、病室にいる私にとてつもない勇気を与《あた》えてくれました。

毒を変じて薬と為す

2016年10月18日（火）

30回の放射線治療が終わりました。担当医の佐塚医師と一緒にレントゲンを見たところ、「肺の真ん中のがんは色が淡くなりました。確実に治療が効きました」と太鼓判《たいこばん》を押してくれました。肺の左下のがんのほうはどうなっているのかと、一緒に探してみたのですが、なんと病巣《びょうそう》を見つけにくなっていました。医師は「うん、よくなった！」と喜んでくれました。がんは一歩ずつ、確実によくなっている。そう信じて戦うのみです。抗がん剤２種類を６週間、さらに放射線治療30回をパーフェクトに実施するためには、相当の体力が必要です。ここにきて主治医も感心してくれています。

私の体の中に巣食《すく》うがんという毒《どく》に対抗するため、「毒をもって毒を制《せい》す」というように、白金（プラチナ）製剤の人工的毒物を投入《とうにゅう》して戦わせるのです。こういう治療を受けて、体に負担《ふたん》がかからないわけがありません。

ふと、ベッドの上で「50代半《なか》ばの若さにして、なぜこんな重い病気にかかってしまったのだろう」「いや、50代半ばどころか、一生ならなくてもいい病気だったのにな」と思ったこともありました。しかし、病気にかかることが私の宿命《しゅくめい》ならば、宿命を乗り越えて使命へと転換《てんかん》したい。がんに命を蝕《むしば》まれることなく、私は生きて社会へ帰らなければなりません。

残念ながら、ステージⅣの肺腺がんは、いったん小康状態《しょうこうじょうたい》に治まったとしても、いつまた再発したり、別の場所へ転移《てんい》するかわかりません。がんをやっつけたあとは、再びがんが頭をもたげないよう、おとなしくしてもらうしかありません。

これからの生き方が私の勝負であり、私の新しい人生ドラマの始まりです。私を応援してくださっている皆さんに、「がんを恐《おそ》れることはない。真正面から戦えば必ず勝てるのだ」と、この身をもって伝えていきたい。いまの医学の進歩を信じ、献身的《けんしんてき》な医師と看護師と共に力を尽《つ》くし、自分自身の生命力を高めていく。すべての歯車がピタリと合えば、人間はステージⅣのがんに抗することができるのです。

2016年10月22日(土)

午後から外泊《がいはく》のため、埼玉県所沢市《ところざわし》にある自宅から、東京都板橋区の病院まで家族と愛犬・幸村が迎《むか》えに来てくれました。私を見つけた瞬間、幸村が大喜びして飛びついてくるではありませんか。こんな何気《なにげ》ないことが、本当にうれしく感じます。

２０１６年10月26日（水）

外泊から病院に戻《もど》ってきてから息つく暇《ひま》もなく、約２カ月ぶりの退院の日。居心地《いごこち》がすこぶるいい病院だけに、退院するとなると病院が恋《こい》しく感じるのが不思議です。

抗がん剤治療、放射線治療が終了した時点で採血《さいけつ》したところ、白血球の数値がなかなか上がりません。白血球の数値が上がらないと次の抗がん剤治療が始まらないため、一時帰宅が許されたのです。数値が回復した段階で再び３週間ほど入院し、次の治療に入るそうです。

退院といっても、所詮《しょせん》は一時帰宅でしかありません。主治医も看護師も皆さん懇切丁寧《こんせつていねい》ですし、病院はすでに「第二のわが家」のような気持ちです。

「どのみち次の治療がじきに始まるのならば、このまま病院にい続けたい」

と思うくらいでした。

天使の看護師チームと雑談しながらその気持ちを伝えたところ、「小林さんが輝《かがや》くところは、ここじゃないですよ！」と笑顔で喝破《かっぱ》されました。

見事に一本取られました。

「そうだ！　自宅でいま以上に元気になり、再びこの戦場《せんじょう》へ帰ってこよう」

私はそう決意しました。

日本シリーズでの日本ハムの快挙

2016年10月29日（土）

2016年のプロ野球日本シリーズは、ものすごい盛り上がりを見せました。広島東洋カープと日本ハムファイターズの一騎打《いっきう》ちです。

この日まで、両者の戦いは以下のように推移《すいい》してきました。

10月22日（土）第１戦　１対５（広島が勝利）
10月23日（日）第２戦　１対５（広島が勝利）
10月25日（火）第３戦　４対３（日本ハムがサヨナラ勝ち）
10月26日（水）第４戦　３対１（日本ハムが勝利）
10月27日（木）第５戦　５対１（日本ハムがサヨナラ勝ち）

２度の劇的なサヨナラ勝ちによって３勝２敗となり、日本ハムは日本一に大手をかけました。そして迎えた10月29日の第６戦、日本ハムは敵地・広島のマツダスタジアムで10対４の大勝利を収めたのです。幾多《いくた》の激戦を乗り越《こ》え、とうとう日本ハムが日本一に輝きました。

リーグ戦でも破竹《はちく》の連勝で下位から逆転優勝し、クライマックスシリーズで勝利、さらに日本シリーズでも大逆転勝利した、栗山監督率いる日本ハムの戦いから、あきらめないことがどれだけ大事かを思い知らされ、私の励みになりました。

高校の同級生である栗山が、戦いに勝ってくれた。ならば、私も自分自身との戦いに勝ち、生きて、生きて、生き抜かなければなりません。

２０１６年10月31日（月）

短い退院期間中、白血球の数値がようやくほぼ正常値にまで戻りました。いよいよ次の抗がん剤治療が始まるため、再入院です。これからついに治療の大切なヤマ場がやってきます。

「必ずや、がんとの戦いに完全勝利しよう！」

このように決意し、退院目標を約3週間後の11月18日に定めました。

第 4 章

副作用がやってきた！

２０１６年11月１日（火）

午前10時半過ぎから、いよいよドカン！　とまとまった量の抗《こう》がん剤《ざい》を体の中に入れ始めました。これは、通院による化学療法《かがくりょうほう》での抗がん剤治《ち》療《りょう》に向けた計画です。副作用止めを30分、生理食塩水を30分、パクリタキセルという抗がん剤を3時間、カルボプラチンという抗がん剤を1時間、再び生理食塩水を15分、合計5時間半の長丁場《ながちょうば》です。

さらに副作用を抑《おさ》える薬も、初日は6錠《じょう》（翌日と翌々日は10錠）飲まなければいけません。さすがに抗がん剤治療だけで一日が終わり、ヘトヘトになりました。

２０１６年11月２日（水）

目が覚《さ》めた瞬間、「気分はどうかな」「吐《は》き気はないかな」「熱はどうだろう」「体のどこかにしびれはないかな」と気にしながら、恐る恐る起き

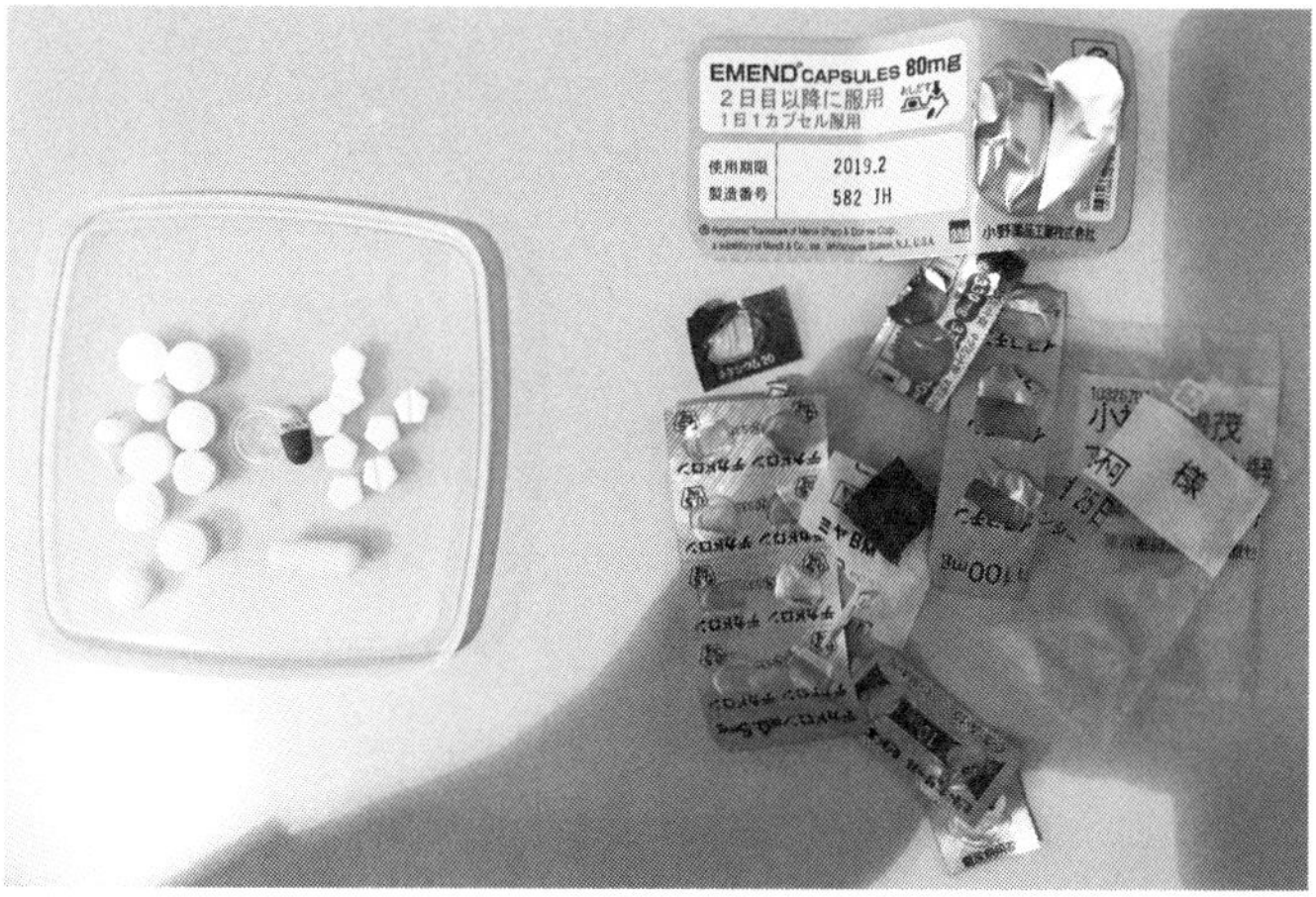

治療中は点滴のほか、多くの飲み薬も服用した

出してみました。幸い、気分よし、吐き気なし、熱は36・6度と平熱。体のしびれもなくラジオ体操ができ、腹も減りました。万事《ばんじ》絶好調《ぜっこうちょう》です。

体中で線香花火が燃えるような痛み

2016年11月3日(木)

抗がん剤のせいなのか、それとも副作用止めの薬のせいなのかは不明ですが、とうとう眠《ねむ》れないほどの関節痛に襲《おそ》われました。一日中ベッドから起き上がれなかったのは、後にも先にもこの日だけです。

症状《しょうじょう》は全身に出ています。4時間あけて飲むカロナール（痛み止めの薬）が、毎回待ち遠しくて仕方ありません。入院生活が始まってから初めての副作用と思われる痛みですが、乗り越《こ》えるしかない。試練の一日でした。

4時間ごとに「頼《たの》むから痛み止めをください」と看護師に頼みこんだものです。のちに看護師からは「小林さん、あのときは本当につらそうでしたね」と言われました。なにしろ体中で線香《せんこう》花火がパチ！　パチ！　と鳴るように、チクチクチクチクと絶《た》え間なく痛みが続くのです。パクリタキセルという抗がん剤を体の中に入れていましたから、その副作用だった可能性が高いようです。

30分、1時間と正座していると、足がしびれてしばらく元に戻《もど》らないことがあります。ビリビリしびれた足をだれかに触《さわ》られると、ギャー！　と叫《さけ》んでしまう。そんな経験は皆《みな》さんにもあるでしょう。ちょうど、あれと同じような症状が、体中に線香花火のように出るのです。つらくて、つらくて、ベッドの上で苦しみを我慢《がまん》するほかありませんでした。

足の裏は全面がしびれており、手先にも症状がありました。右手には痛みはほとんどなかったのですが、左手の手先がしびれるのです。左手の指先の感覚はまったくありませんでした。ですから左手でモノをつかもうとしても、指先ですするりと滑《すべ》ってしまうのです。

この日は私の母が見舞《みま》いに来てくれたのですが、会話をするのもやっとでした。カロナールを飲むと一時的に痛みは紛《まぎ》れるのですが、時間が経《た》つにつれて我慢できなくなります。一人でじっとしていると、痛みがつらくてたまりません。母とたわいない話をしながら、なんとか気を紛らわせて痛みをやりすごすほかありませんでした。入院開始から初めて睡眠導入《すいみんどうにゅう》剤をもらったものの、ぐっすりとは眠れません。闘病《とうびょう》生活が始まってから、初めてがん患者《かんじゃ》の厳《きび》しい試練を経験した一日となりました。

2016年11月4日（金）

採血《さいけつ》の針をチクチク全身に刺《さ》されているような感触《かんしょく》にさいなまれながらも、なんとか一晩眠ることができました。一日経って体が慣《な》れてきたのか、少しは痛みがマシになってきたようです。心配する看護師が、口々に私に声をかけてくれます。ドカン！　とまとまった量の抗がん剤を投入《とうにゅう》したばかりなのですから、いまが正念場《しょうねんば》です。

幸い、痛みは治まり、手と足の先に少ししびれが残っているくらいで、線香花火が飛び散《ち》るようなピリピリ感はもうありません。今後、再びしびれや痛みが生じたとしても、我慢してつきあっていくしかないわけです。がんをやっつけるために、必要な痛みなのですから。

抗がん剤治療の副作用が出てからも「こんなものだ」と開き直り、動じることはありませんでした。私は環境の変化にも痛みにも、いい意味で鈍《どん》感《かん》なのだと思います。それは病気の治療にとっては、とてもよいことです。

髪の毛がどんどん抜け始める

２０１６年11月16日（水）

このころから、シャワーを浴《あ》びるたびに突然、髪《かみ》の毛がよく抜《ぬ》けるようになってきました。どうやら、これも抗がん剤治療の副作用のようです。シャワーを浴びたあと、抜けた髪の毛の掃除《そうじ》をきれいにしなければいけません。このまま治療が進むと、もっと髪の毛が抜けて「抗がん剤治療の〝ビフォー&アフター〟をみんなにお見せすることになるかもしれないな」などという覚悟《かくご》をし始めました。

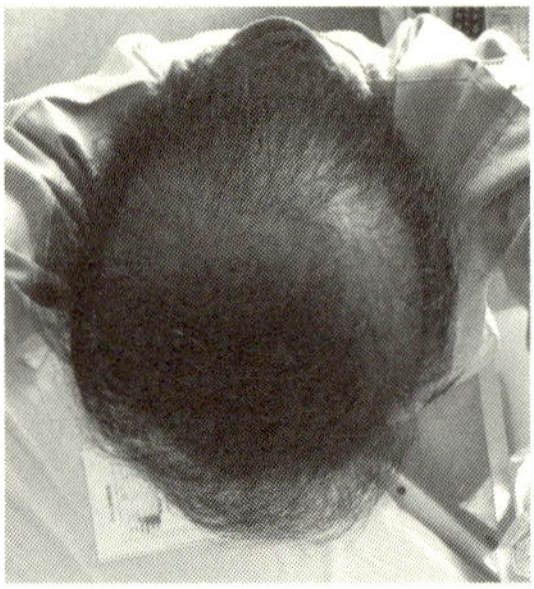
抗がん剤治療の副作用で髪が少しずつ抜け始めた（2016年11月）

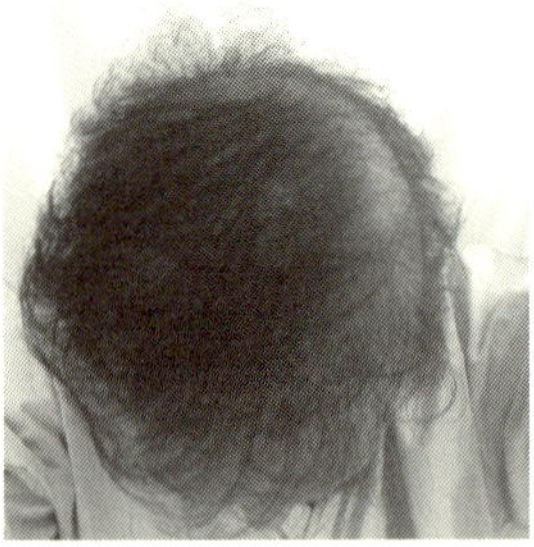
髪はだいぶ抜けてしまった

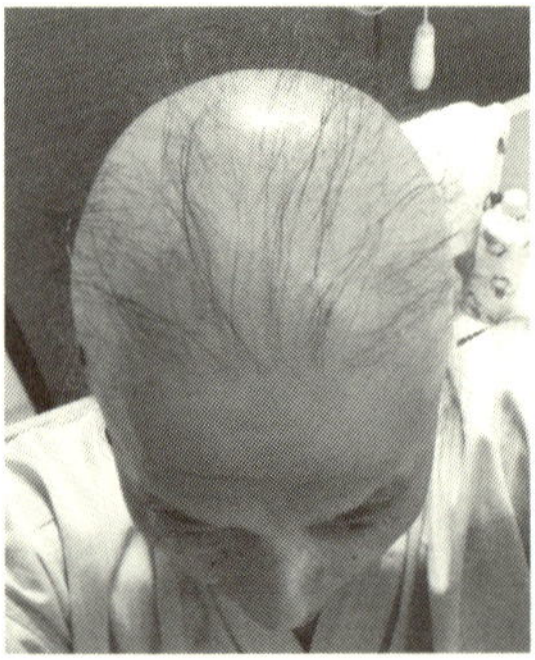
ほとんどの髪が抜けてしまった

髪の毛はそれからもどんどん抜け続け、抜け毛が一番進んだときには、ほとんどツルツルになってしまいました。髪の毛だけでなく、顔を洗ったり、タオルで拭《ふ》くときに、摩擦《まさつ》で眉毛《まゆげ》やまつ毛も抜けてしまうのです。

一時退院しているときに車を運転していると、娘《むすめ》が横から私の顔を見ながら、「お父さん、まつ毛が上と下に1本ずつしかないよ」と驚《おどろ》いていました。

放射線《ほうしゃせん》を当てている部分は、そこだけ顎《あご》の下のヒゲもきれいになくなっています。ヒゲがなくても苦労はありませんが、まつ毛がないと、目がシヨボショボして仕方がありません。朝起きて布団《ふとん》をたたむときに、ホコリがどんどん目に入るのがわかります。ですからゴーグルのような花粉《かふん》よけのメガネをかけたり、花粉症対策の目薬をずっと持っていました。

ちなみに、この翌年の春、花粉症の症状がまったくなかったのは、とても不思議です。おそらく抗がん剤で体質が変わったからだと思われます。「放射線はムダ毛脱毛《だつもう》に効くし、抗がん剤は花粉症に効く」といった冗談《じょうだん》をあちこちで言っていました。

髪の毛が抜ける症状と線香花火のような痛み（ほんのわずかな期間でしたが……）を除《のぞ》き、抗がん剤治療中にも副作用はほとんどありませんでした。食欲不振《ふしん》もなければ、発熱も吐き気もゼロ。ベッドに寝《ね》たまま、ぐったりしているといったつらさはありませんでした。ですから、基本的に私は元気そのものだったのですが、髪の毛が抜ける副作用には、さすがに家族や見舞い客も驚いたことでしょう。

２０１６年11月18日（金）

10月31日に2度目の入院をしたとき、私は「3週間後（11月18日）には絶対に退院するんだ！」とゴールを定めていました。ゴールがあったからこそ、抗がん剤治療と放射線治療を予定どおり全部こなすことができたのだと思います。目標の日を迎え、私は晴れて一時退院をすることができました。これでまた、一つの関門突破《かんもんとっぱ》です。

２０１６年11月25日（金）

昨日（24日）、3度目の入院をし、この日は朝10時半から2回目の「ドカン！　抗がん剤治療」を受けました。

パクリタキセルという薬は285ミリグラム、カルボプラチンという薬は460ミリグラムと、1回目の「ドカン！　抗がん剤治療」より量は少なめです。午後４時半過ぎに、長い抗がん剤の点滴《てんてき》が無事終了しました。

帽子を脱いだツルツル頭の校長先生

11月29日に３度目の退院。11月30日に一日だけ休んで待望の職場に復帰しました。がん患者ではありますが、私は元気そのものです。元気なのに、いつまでものんびり休んでいるわけにもいきません。自宅療養《りょうよう》なんて一日だけで十分だと思いました。

２０１６年12月１日（木）

特別に午後の５時間目に全校集会を開いてもらい、生徒たちを前に、がんの話をしました。

私がステージⅣの肺腺《はいせん》がんを抱《かか》え、闘病中であることを知らなかった生徒も多かったと思います。帽子《ぼうし》をかぶっている校長を見て、「あれ?」と不思議に思っていたことでしょう。

私が帽子を脱いだ瞬間《しゅんかん》、髪の毛がほとんど全部抜け落ちていることに、生徒たちは衝撃《しょうげき》を受けたと思います。

もしかすると、生徒の家族の中には、私と同じように病気と戦っている真っ最中の人がいるかもしれません。いま健康であっても、これから家族が重い病気にかかったり、自分自身が病気にかかることだってあるでしょう。そのときに、私が話したことを思い出してもらいたい。そんな思いを込《こ》めて一生懸命、語りました。自分の姿をもって渾身《こんしん》の力で語れば、生徒たちは必ず何かをつかんでくれるに違《ちが》いありません。

私があるとき突然、学校からいなくなり、復活《ふっかつ》したと思ったら帽子をかぶっていた。帽子を脱いだらツルツルの頭になっていた。

「ステージⅣのがんにかかった先生が普通に学校にいるぞ」

「それでも元気に仕事ができるんだ」

生徒たちにそう思ってもらえれば、私ががんにかかった意味があります。帽子を取ってツルツル頭を見せる瞬間、「みんな、私の姿をよく見ておけよ！」という思いでした。

「がん患者は治療中、私のように容姿《ようし》が変わってしまうことがあります。だからといって、へんな目で見たりバカにしたりしないでください。闘病中の患者はつらい気持ちになってしまいますから。がん患者に限らず、容姿を見ていじめたりからかったりすることは、どうかやめてほしい」

生徒たちを前に、そんな話を真剣《しんけん》にしました。これが私の「がん教育」の本格的なスタートだったのです。

寝返りも打てないほどの激痛に襲われる

2016年12月22日（木）

2学期の終業式に出るつもりだった私の体に異変《いへん》が起きました。足が痛くて痛くて、自宅でのたうち回り、終業式に行けなくなってしまったのです。急遽《きゅうきょ》、終業式への参加はキャンセルし、とりあえず、再入院しました。

そして、安静《あんせい》にしながら、足の痛みが引くのを待つことになったのです。このときが足の痛みのピークだったと思います。なにしろ激痛《げきつう》なので、寝返りを打つときには、左足に右足が当たらないように気をつけていました。なぜなら、足と足が当たると、「俺《おれ》の足を切ってくれ！」と叫びたいほどの激痛で、実際に声が出なくなるほどの痛みだったのです。

当初は「ひょっとして痛風《つうふう》の症状が出たのか」と思いましたが、医師は「こんなところには痛風は出ない」と言います。退院のときには、車イスや松葉杖《づえ》を用意しつつ、なんとか伝《つた》い歩きで病院を出ました。

２０１７年１月１日（日）

２０１６年は、合計１０６日間入院生活を送りました。55年の人生の中で、こんなに長く自宅を留守《るす》にしたことはありません。留守にするのは、せいぜい修学旅行や移動教室で一週間が最高です。今年の正月は、なんだか久しぶりの里帰りのような気分です。

12月30日と31日、そして元日は、ソファから立てないくらいの足の痛みに苦しみました。トイレに行くだけで30～40分もかかってしまい、この間の記憶《きおく》ははっきりしません。トイレに行くのは朝と夕方の２回だけで我慢し、できるだけ体を動かさないようにしていました。

それにしても入院中にずいぶん筋力《きんりょく》が落ち、腰痛《ようつう》がひどくなってしまったものです。歩行がやや困難な状況のため、しばらくはリハビリ状態を覚悟しなければいけないでしょう。

放射線治療に加え、抗がん剤治療も順調に進みました。すでに治療の成果は十分に出ています。2カ所のがんは、すべて半分以下にまで縮《ちぢ》められました。肺の左下と右上鎖骨《さこつ》付近にあるがんは、レントゲンではほとんど見えないくらいにまで縮まっています。造影剤《ぞうえいざい》を入れたCTで撮影しなければ、そこに病巣《びょうそう》があることがわからないほどです。主治医からは「治療の成果は目標が達成されましたよ！」と太鼓判《たいこばん》を押されました。

しかし、まだ抗がん剤の副作用で足先にしびれが残っています。腰痛のリスクもあることを考慮《こうりょ》して、今後の治療は、レントゲンや血液検査の結果を見ながら検討することになりました。このあとも抗がん剤治療の計画があったのですが、予定していた治療はここまでで終了することになりそうです。

よくとらえれば、抗がん剤治療による白血球の低下の心配もなく、正月は久しぶりにわが家でゆっくり安心して過ごせました。足の痛みを我慢しながらのつらい正月でしたが……。

腰痛が足の裏に引き起こす謎の痛み

２０１７年１月３日（火）

ようやく痛みが少し楽になり、新年になってから初めてお風呂《ふろ》に入れました。温かいお風呂に入ると、足が別物の超合金《ちょうごうきん》になったように楽になります。

医師が「腰から痛みが来ているのかもしれない」と言うので、地元のクリニックでは腰を牽引《けんいん》していました。腰を牽引するので、座《すわ》るまでは大変なのですが、牽引が終わるとスッと立ち上がれます。ところがそれから15～20分経つと、また足が痛くなってしまうのです。年末年始、なぜ左足があんなに痛かったのか原因はよくわかりません。

実は、がんになる2年半ほど前、走ろうとしたときに左足にパチン！と違和感《いわかん》を覚えて倒れてしまったことがありました。てっきり肉離《にくばな》れでも起こしたのかと思ったのですが、医師からは「小林さん、腰が悪いですね」と言われました。自覚症状は何もないのに、腰椎《ようつい》の一部に目詰《づ》まりが起きているせいで、神経の痛みが左足太ももの裏側に出ているようなのです。「狭窄症《きょうさくしょう》の疑《うたが》いあり」という診断がつきました。狭窄症になると、歩けなくなってしまう人が大半だそうです。私の場合も、腰を牽引することで足の痛みが楽になったということは、やはり原因は足そのものではなく、腰なのでしょう。

歩いているときに途中でしゃがみこんだり、途中で止まらなければいけなかったりするほどでした。

がんがわかったとき、この足の痛みはがんの転移《てんい》ではないのかと疑っていましたから、そうではないことがわかって、「よかった！」と心からホッとしたものです。

このように、がん患者はちょっとした体調の変化についても、神経質《しんけいしつ》なまでに細かく気にしてしまうのです。

２０１７年１月８日（日）

この日、私には妻と義母と一緒《いっしょ》に外出する大事な約束がありました。「それまでに治すんだ！」という強い思いで、痛みに耐《た》えていました。まだ足が痛かったものの、途中で足を伸ばしたり、痛みを散《ち》らしながら、なんとかがんばって外出したものです。

病気と戦う人は、目標があったほうが、張り合いが出るものです。「いつか治したい」という曖昧《あいまい》な目標を立てていると、目標がブレてしまいます。「この日までに、何が何でも決着をつける!」という強い闘争精神《とうそうせいしん》があるとないとでは、大違いなのです。

予期《よき》せぬ痛みに襲われた年末年始ではありましたが、正月休み明けの3学期から、学校に通って元気に仕事ができるようになりました。

がんにとどめを刺す最終決戦

2017年3月3日(金)

2月初旬、定期的な経過観察《けいかかんさつ》としてCT検査を受けました。右肺門《はいもん》のほうは、放射線治療と抗がん剤治療の効果が絶大にあらわれているそうです。病巣はほとんど見えないくらいにまで小さくなっていると、主治医が笑顔で説明してくれました(93ページの写真)。

医師は、はっきりと確信のもてない話をするときには厳しい顔で応待するものだと思います。でも、呼吸器内科部長を務める主治医は、このときは、いままでになくうれしそうな顔で話したように私は感じました。きっと経過は良好なのだろうと考えていいのかなと思いました。

ただし、肺の左下のがんのみ、少し気になる気配《けはい》があるとのことです。

そこで全身ＰＥＴ画像と頭のＭＲＩ検査を受けました。

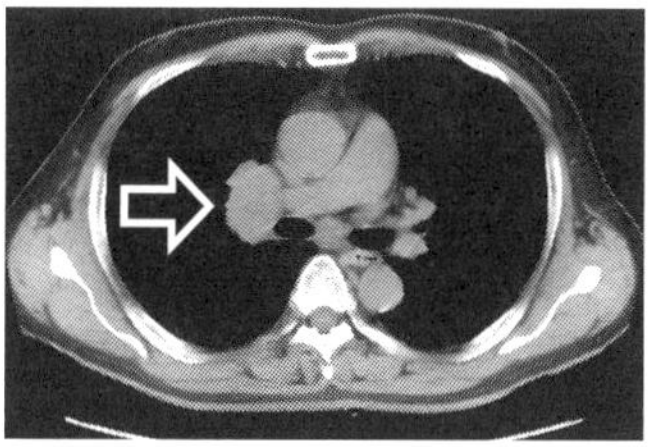

治療前、右肺門４cmの腫瘍（がん）
（2016 年８月 16 日）

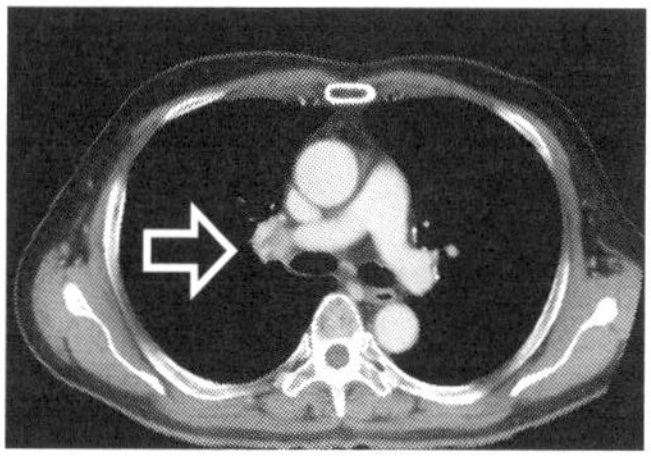

約３カ月後、抗がん剤と放射線治療により、腫瘍が小さくなっているのがわかる（2016 年 12 月８日）

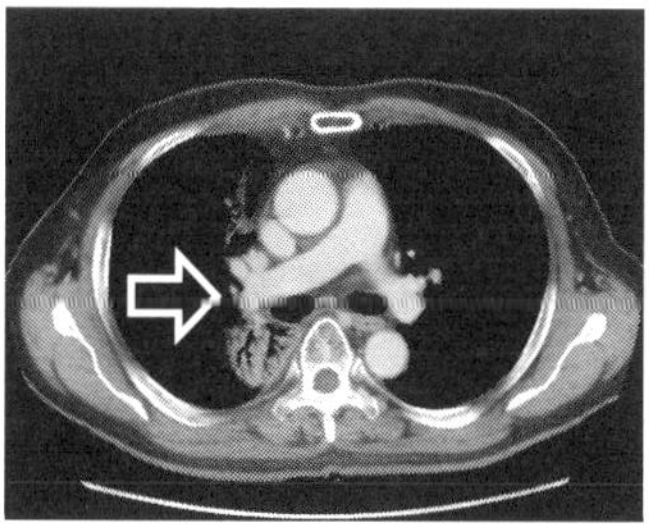

約６カ月後、放射線肺臓炎で腫瘍自体はよく見えないが小さくなっている（2017 年２月 17 日）

画像を見ながら説明を受けたところ、これ以上の転移は一切ないそうです。「あとは、この機会に肺の左下にあるがんを外科《げか》手術で除去《じょきょ》するか、それとも放射線を当てて小さくしてしまうかどちらかですね」と言われました。5回だけピンポイントで行う放射線治療は、外科手術と同じくらいの効果でリスクは小さいそうです。というわけで、3月3日から放射線治療のため、短期の入院をすることになりました。重大ながん再発や転移があったせいではありません。

私はかねてから、肺の左下に残ったがんに放射線でとどめを刺したいと願っていました。病気の当事者である私が、この機会を一番望んでいたのです。「またつらい治療が始まるのか……」と落胆《らくたん》する人もいるかもしれませんが、私は違いました。

「がんになんて、絶対に負けない」

「がんとの戦いで、必ずとどめを刺してやる」

「今回の入院は、私にとってピンチではなくチャンスだ」

こう確信していました。

医師は、「体調さえよければ昼間は外出を許可します」と言ってくれました。卒業式直前で忙《いそが》しい私への配慮《はいりょ》でしょう。とはいえ、治療は治療でしっかりと受けなければいけません。

入院すると、早速、午後３時から次週に受ける治療の準備が始まりました。病院の地下にある放射線治療室で、治療計画が立てられました。

治療計画表を見ると、治療目的は「がん抑制《よくせい》治療」ではなく「根治《こんち》」、治療成果は「治癒《ちゆ》可能」と書いてあります。体に大きな負荷《ふか》をかけつつ、これを機にがんを根絶《ねだ》やしにしてしまおうというわけです。

つまり、私が受けるのは、かなりの精度のピンポイントで放射線を照射《しょうしゃ》する治療でした。これは病巣を潰《つぶ》してやっつけるための「根治的治療」ということになります。

この日、放射線治療の際に私の体を固定するための木箱を作りました。体を固められて診察台に乗り、細かく角度を測られて木箱で体を固定し、放射線治療の間は体をまったく動かせません。呼吸をすると肺やおなかが動くため、まるで漬《つ》け物石を乗せられるように板を当てられ、体をギュッと締《し》めつけられるのです。

この状態で手を頭の上に上げて体を固定し、CTを撮影して照射場所を測ってからストレッチャーに乗せられて治療室に入ります。

前回受けた放射線治療は、1日1回30秒が合計30日でした。このときは右肺に60Gy《グレイ》の放射線を浴びました。そして、今回の放射線治療は、20秒照射した後、機械が動いて照射の角度が変わり、また20秒……といった具合に5日間、連続して行われ、左肺に50Gyの放射線を浴びたのです。

第５章

ＮＨＫ『あさイチ』で特集される

東京女子医科大学・林和彦医師との出会い

2017年3月4日（土）

前日に「短期集中放射線治療《ほうしゃせんちりょう》」のために入院した病院から早速、私は中学校へと向かいました。この日は、林和彦《かずひこ》先生（東京女子医科大学がんセンター長）を迎《むか》え、「がん教育」の特別授業を行うことになっていたからです。林先生との出会いは、私にとって極《きわ》めて重要な節目《ふしめ》となりました。

林先生は、中学3年生のときに父親を胃がんで亡《な》くしています。お父さんは胃潰瘍《いかいよう》だと聞かされていたものの、実際の病名は違《ちが》いました。本当の病名が胃がんであることは、お父さんが亡くなるわずか一週間前にお母さんから告《つ》げられたそうです。

「まだお父さんから聞きたいこと、話したいことが山ほどあったのに」

突然、父親を失った林先生は、計り知れない喪失感《そうしつかん》と無力感《むりょくかん》にさいなまれます。亡き父と心で対話するため、お父さんの墓地には多いときで年間100日も通ったそうです。やがて、医師になった林先生は、「がん教育」をライフワークにしました。

第一に、がんについて正しい理解ができるようにする。第二に、健康と命の大切さについて主体的に考えられるようにする。「がん教育」の二大目標を掲《かか》げ、林先生は教育現場にどんどん飛び込《こ》んでいったのです。

私は、そんな林先生と絶妙《ぜつみょう》なタイミングで出会いました。

本来であれば、2日後からの放射線治療に備えて病院でゆっくり静養《せいよう》しておくべきだったかもしれません。しかし、私はどうしても「がん教育」の特別授業に参加したいと思いました。そこで主治医の山本医師にお願いし、外出許可をいただいて学校へ駆《か》けつけたのです。

特別授業が終わり、私は校長室で林先生と初めてじっくりお話ししました。私たちは意気投合《いきとうごう》し、時間を忘れて話し込んだものです。その場で林先生は、「私と一緒《いっしょ》にがんの授業をしませんか」とおっしゃるではありませんか。

現役の校長でありながらステージⅣの肺腺《はいせん》がんにかかった私は、「これからの人生をがん教育に捧《ささ》げることこそ、わが使命だ」と確信しました。林先生からの提案は、まさに渡《わた》りに船です。

「ぜひ、よろしくお願いします！」

私は即答《そくとう》しました。

２０１７年３月10日（金）

３月６日から始まった放射線治療を、５日連続でバッチリ受けきりました。この間、午前中は自転車に乗って学校へ通《かよ》っていました。

病院から出勤して学校で仕事をし、午後３時までに病院に戻《もど》って放射線治療を受けるのです。入院中は、卒業式で読む校長式辞の内容を考え、草《そう》稿《こう》を書き終えました。とても放射線治療中の患者《かんじゃ》とは思えませんが、充実《じゅうじつ》した日々でした。

放射線治療を順調にこなし、副作用で抜《ぬ》け落ちた髪の毛もだいぶ伸《の》びてきました。もう少しで元の髪の毛に戻れるでしょう。

それにしても、CTの検査では恐《おそ》ろしいくらい体の中が丸見えになります。ある日は放射線技師から「今日は麺《めん》を食べましたね」と言われました。次の日は「今日はいつもよりたくさん食べましたね」と言われる始末《しまつ》です。おなかの中まですべてお見通しというわけです。余談ですが、まさに「痛くもない腹を探られて」といったところです。

２０１７年３月12日（日）

一週間限定の短期入院に終止符《しゅうしふ》を打ち、３月11日の午前中に退院しました。退院早々、家庭菜園《さいえん》へ出かけてジャガイモを植えました。好きなことをしていると、入院中になまった足腰《あしこし》の痛さはありません。「がん患者は安静にしていたほうがいいのでは」と思う人もいるかもしれませんが、こうして体を動かしているほうが、精神的にも健康にもよいのです。

入院中に完成させた卒業式の式辞で、私は敢《あ》えてがん闘病《とうびょう》について触《ふ》れました。卒業生にとっては門出《かどで》のおめでたい式典ですが、卒業生に力強く命のエールを送《おく》りたかったのです。

〈式辞〉

平成29年3月17日、三寒四温《さんかんしおん》の言葉どおり、日一日と春めいてまいりました。

卒業生の皆《みな》さん、ご卒業おめでとうございます。

皆さんは、私と一緒に、この明豊《めいほう》中学校に入学し、3年間を過ごしました。ですから、3学年の先生方同様に、入学のときから成長を見守った者として、今日の皆さんの雄姿《ゆうし》は、私にとって、感慨《かんがい》深いものがあります。

私は、皆さんが入学する前から構想を練《ね》って、実現したいことがありました。それは3年生の9月の修学旅行でした。北陸新幹線を利用し、北陸と関西を周遊《しゅうゆう》し、日本一の琵琶湖《びわこ》を見てもらいたい、できれば、クルーズすることやシティホテルの宿泊《しゅくはく》も経験してもらいたいなど、企画を練りに練ったものでした。

皆さんは実際に行った修学旅行で、金沢商業高校の生徒さんたちのガイドで兼六園《けんろくえん》を散策《さんさく》したと思いますが、この企画は、高校の生徒さんたちが、わが町を誇《ほこ》りに思い、「おもてなしの心」で、修学旅行で訪れる同世代の人へのガイドを授業の一環《いっかん》で進めていたのです。

日本の古都《こと》・京都、日本三大庭園のひとつ、金沢・兼六園、日本一の琵琶湖など、日本のよさをひとつでも多く知っておくことが、3年後の東京オリンピック・パラリンピックで「おもてなし」をする立場の日本人として、役に立つと思えたからです。

私にとってひとつ、残念だったことは、私が一緒に行くことができず、皆さんと思い出を共にできなかったことです。でも、皆さんの感想を見聞《みき》きして、よき思い出になったことがわかり、うれしく思いました。

話は変わりますが、この式辞で、私は毎年、偉人《いじん》や先人の苦難《くなん》の人生や努力の姿を紹介《しょうかい》して、門出のはなむけとさせていただいていましたが、今日は私のことを話させていただきます。

2学期の3カ月間、ちょうど修学旅行の時期と重なりますが、私はたいへん貴重《きちょう》な時間を過ごしました。皆さんにも、ご心配・ご迷惑《めいわく》をかけましたが、定期健康診断で「肺がん」が3つ見つかり、治療を受けるため、入院しました。

ただ、本当に一度たりとも、「これでおしまいか」と不安になったことはありませんでした。強がりで言っているわけではありません。

「この年齢で、校長という立場で、しかも喫煙《きつえん》経験のない私が、肺がんになった意味は何かある。何としても治して、もう一度、学校に戻るのだ！」

ただ、その思いしかありませんでした。担当の医師を信じ、看護師さんの励《はげ》ましを受け、抗がん剤と放射線治療に専念してきました。

この間、家族や人生についても考えました。高知県から中学時代の同級生が見舞《みま》いにも来てくれ、仲間のありがたさもあらためて感じました。約２００人以上の見舞いがあり、その都度、その都度、繰《く》り返し病状や治療を説明しました。その中で、自分が不撓不屈《ふとうふくつ》の精神を卒業式や、さまざまな機会に話してきたこと。「ピンチをチャンスに」と考えて、と言ってきたのは自分じゃないか、と思い出しました。

治療と多くの方の激励《げきれい》があって、最大直径が４センチ、大きな梅干しほどの大きさがあったものを含《ふく》め、３カ所とも、ほとんど見えないくらいになり、このように卒業式に臨《のぞ》むことができました。

そして、２週間前の土曜授業の講座に、がん教育の講師でお呼びした東京女子医大の林和彦先生から、がんに取り組む医師と患者であり、教師である私と一緒に、今後、小・中・高等学校に出向いてがん教育を推進しよう、とのお話をいただきました。

私は、この助けられた命がある限り、一緒に取り組ませていただくことにしました。

まさに、ならなくてもいいがんを患《わずら》っても、自分にしかできないことを、いまからできることに喜びが湧《わ》きました。


「運命はわれわれに幸福も不幸も与《あた》えない。われわれの心がそれを幸福にも不幸にもする唯一《ゆいいつ》の原因であり、支配者なのだ」という言葉があります。

これは、16世紀のフランス、日本でいうと織田信長が活躍した時代に、人間の生き方を探って、世界中に影響を及ぼした大哲学者、モンテーニュが語ったものです。

これからの若き皆さんは、それぞれの運命を背負《せお》って生きていかねばなりません。つまずいたり、絶望したり、挫折《ざせつ》しそうになったりするかもしれません。しかし、それを不幸と感じて、人生を悲観してしまうか、幸福への発条《バネ》として生き抜くかはモンテーニュの言う「心」にかかっているのです。だから「心を鍛《きた》えておくこと」が最も重要になるわけです。

弱い土台の上に建てられた建物は、すぐに崩《くず》れてしまう。心を「鍛える」、土台づくりの青春なくして、40代、50代になって、見事な人生の花を咲《さ》かせることはできないと言いきっています。

巣立《すだ》っていく皆さんの中には、この4月から親元を離れて寮《りょう》生活する人や、自分を知っている友だちがだれもいない高校生活を始める人もいます。つらくなることも不安が募《つの》ることもあると思いますが、そのときこそ、「ピンチをチャンスに」の発想で、「自分はこれだけやってきたんだ」という自信を持って、がんばり抜いてほしいと思います。

また、今日の自分があるのは、ご家族や先生方の激励や指導によるものであることを心に刻《きざ》み、自己を大切にすると同時に、他者を尊重して、力強く、そして人とのかかわりを大切にした生き方を心がけていただきたいとも思います。

最後になりますが、保護者の皆さま、お子さまのご卒業おめでとうございます。

何かとご心配も多かったこの3年間だったかもしれませんが、確実に生徒一人一人は成長しています。学力や体力はもちろん、人への思いやりの心も、家族やお世話になった人への感謝の気持ちも、表し方は違いますが、大きく育っていると思います。今日からは、少し大人扱《あつか》いしながら、一層、厳《きび》しくも温《あたた》かく育《はぐく》んでいただけたらと思います。

この中学3年間、本校の教育に、ご理解とご協力をいただきましたことに、心より御礼と感謝を申し上げます。どうもありがとうございました。

あらためて、卒業生の皆さん、ご卒業、おめでとうございます。

以上をもちまして、式辞といたします。

患者として臨んだ「がん教育」の特別授業

２０１７年５月13日（土）

いよいよ林和彦先生と一緒に「がん教育」の特別授業を行う、待ちに待った日がやってきました。がんを取り扱うからには、医学的な知見《ちけん》からはずれた突飛《とっぴ》な意見を述べるわけにはいきません。現在もがんと闘病中の患者が授業に参加する可能性もありますし、テーマは非常にデリケートです。当日に向けて、私たちは何度も綿密《めんみつ》な打ち合わせを重ねました。

本校ではもともと、以前からがん教育や防災教育に力を入れてきた経緯《けいい》がありますから、林先生の話をただ一方的に聴《き》くだけの受け身の授業にはしたくありませんでした。

そこでまず春休みの課題として、生徒に「命」をテーマにした作文を書いてもらったのです。林先生は、生徒への事前アンケート、さらには生徒の作文のすべてに目をとおしてくださいました。

特別授業の1時間目は、各クラスに分かれて、道徳の時間に「命」をテーマに議論する授業をしました。続いて、生徒は体育館に移動し、代表4名に作文発表をしてもらいました。

それぞれの作文のテーマは、「食」という観点から命を見つめたもの、「病」や「自殺」というキーワードで命と生き方について考察《こうさつ》したもの、がんで亡《な》くなったおばあちゃんについて書いたもの、そして、乳がんで闘病中だったフリーアナウンサーの小林麻央《まお》さんが綴《つづ》ったブログについて書かれたものでした（小林さんは、この翌月の6月22日、34歳の若さで亡くなられました）。

4人の代表に作文を発表してもらったあと、林先生による特別授業を実《じっ》施《し》しました。この場で私は林先生から問いかけられました。

「校長先生に質問があります。もしがんになったとき、強く前向きになれなかったらどうしたらいいのでしょうか」

「お医者さんが治療しても、がんは治らないかもしれません。お医者さんは『がんに勝とう』という治療を全力でしてくれます。私はそのうえで、患者に『がんに負けない』という気持ちが必要だと思うのです」

がん患者がたった一人で強く生きられるわけではありません。ですが、自分が心を許せる友人や、自分のことを理解してくれている知人に支えてもらえばいいのです。たとえ医師が「このがんには勝てないかもしれない」と診断したとしても、患者は「負けない」という気持ちを決して捨てず、周囲の人たちから支えてもらいながら戦い続けるべきだと思うのです。

体育館で私たちの話を聴きながら、泣き出してしまった生徒もいました。私たちが命がけで臨んだ渾身《こんしん》の特別授業は、子どもたちの心に突《つ》き刺《さ》さったのではないでしょうか。

NHK『あさイチ』で紹介

2017年7月26日（水）

この日の朝、思いもしないことが実現しました。

林和彦先生がNHKの朝の情報番組『あさイチ』に生出演し、私との「がん教育」の授業が約30分にわたって紹介されたのです。テレビの全国放送で、私たちの特別授業が大きく紹介される日が来ようとは、よもや思いもしませんでした。

後日、病院の売店でばったり会った知人から、「あさイチ見たよ。小林さん、すごいね！」と声をかけられたものです。その人は、以前、私が入院していたときに同室だった患者さんでした。

「林先生は『あと何年生きられるかどうか』ではなく『一日一日を一生懸

命生きよう』とおっしゃるんですよ。一日一日を生きれば、いつか新薬《しんやく》が見つかったり、検査でよい結果が出たりすることだってあります。だから一緒にがんばりましょうね！」

私はそう言って彼を励ましました。元気になろうと必死で努力している人に向かって、「同じがん患者として一緒にがんばりましょうね！」とエールを送《おく》る。それが私の大事な仕事です。

※特別授業と『あさイチ』の模様については、巻末（157ページ）の特別対談「がん教育で変わる日本の未来」でも詳しく紹介しています。

『あさイチ』の取材が入った「がん教育」の特別授業のあと、生徒たちに囲まれて談笑する林和彦医師

東北の被災地を訪れ防災教育

２０１７年８月14日（月）～19日（土）

学校は夏休みを迎えました。右鎖骨《さこつ》部分のリンパ節転移が新しく見つかったとの検査結果から、私は3月に続き、8月から約1カ月間、30回の放射線治療を受けることになりました。

8月14日に入院。放射線治療は毎日午前10時15分から始まり、昼にはすでに病室に戻っており、それ以外の時間は自由に過ごすことができます。じっとしていられないので、16日は午後から学校に出勤しました。

18日と19日は被災地《ひさいち》訪問のため、私は外泊許可《がいはくきょか》をとって、生徒たちとともに東北に向かいました。がんになる前から、私は東日本大震災の被災地へ、毎年のように生徒たちを連れて出かけていたからです。

毎年、生徒たちとともに被災地を訪問している

18日は、病院で一番初めに放射線治療を受けた後、マイクロバスで先発した生徒たちを新幹線で追いかけ、昼すぎに合流しました。

宮城県石巻市《いしのまきし》にある市立大川小学校では、あの3月11日に悲劇が起こります。

校庭に避難していた大勢の子どもたちや教職員を津波が襲《おそ》い、74人もの子どもたちと10人もの教員が犠牲になってしまいました。

大川小学校をはじめとする被災地を訪《おとず》れ、実際に被災者の話を聴くと、ある日突然、故郷の原風景《げんふうけい》がなくなってしまう絶望感に声も出ません。自分がいままで生きてきた家も思い出もなくなってしまう。家族の命が突然奪《うば》われてしまう。そうなったとき、人はどれだけ夢と希望をなくし、将来に対して不安になることでしょう。

それでも逆境《ぎゃっきょう》に負けず、生きて、生きて、生き抜くためにはどうすればいいのか。私は、これまでにも被災地を訪れ、生徒たちと一緒に考えてきたのです。

2017年8月25日（金）～26日（土）

この週末、外泊許可をもらい、リハビリがてら家族と愛犬・幸村《ゆきむら》とともに蓼科《たてしな》・女神湖《めがみこ》（長野県北佐久郡立科町）へ小旅行に出かけました。

女神湖で幸村と一緒に撮《と》った写真を見ると、まだ腕にがん患者のタグを

大切な家族の一員である愛犬・幸村とともに
（家族旅行で訪れた女神湖にて）

つけたままです。これもがんに「負けない」姿を示したかったのです。

離れ離れになっていた幸村は、私が帰ってきて本当にうれしそうにしていました。

2017年9月23日（土）

この日の朝から翌日の24日にかけて、めずらしいことに、私の病室の4人部屋は、私以外の皆さんが退院したために、だれもいなくなってしまいました。

私が入院していた部屋は9階にあるため、まるでリゾートホテルのようにとても眺《なが》めがよいのです。いつもは、ほかに3人の患者が暮《く》らしているわけですが、この日、大きな部屋でたった一人になってしまった私は、がらんとした部屋でコーヒーを飲みながら、入院中の日々を振《ふ》り返り、あれこれと思索《しさく》していました。そして、「私がこれまでいろいろな人に訴《うった》えてきたように、とにかく希望を捨てずに前向きにいかないとな」と、あらためて決意したのです。

午後になって、思いがけない訪問者がありました。慶應義塾大学看護医療学部に通《かよ》う、李紀慧《りきえ》さんという女子学生です。私が掲載《けいさい》された新聞記事を見て感動したとのことで、わざわざ訪《たず》ねてきてくれました。

彼女は、中学生のとき、母親をがんで亡くしており、私が取り組んでいる「がん教育」の手助けをしたいと申し出てくれたのです。

がんと戦う林和彦医師。がん患者であり、教育者の私。家族にがん患者がいた学生――それぞれ異《こと》なる立場ながら、がん患者を支える優しい社会をつくるための心強い仲間の出会いがありました。

人間ですから、いつかは私にもお迎えが来る日がやってくるでしょう。その日が1年先なのか、あるいは10年先なのかはわかりません。だれにもいつかは必ず訪れる死を恐《おそ》れていたところで、詮《せん》ないわけです。

入退院を繰り返しながら、私の肺腺がんは確実によくなっていきました。ただなんとなく調子がよくなっているわけではなく、一回一回の治療によって、確実に私の寿命《じゅみょう》は延《の》びています。今回の入院も、あとから振り返ったとき、私にとって大きな意味がある経験となるに違いない。そう心から思えました。

闘病の経験を積《つ》むにつれて、多くの人に病気について語れる材料が増えていきます。学校教育の現場に戻れば、校長としての本業以外にも「がん教育」という課外授業ができるわけです。退院したとき、もっと元気になった姿を皆さんに見せる。それが私の仕事である。一人きりになった2日間、そんなことをしみじみと考えたのでした。

「もう来ないようにするからね」

2017年9月25日（月）

病院で2日間の〝病室にだれもいない一人暮らし〟を終え、いよいよ退院の日です。午前中に最後の放射線を当て、気持ちがスッキリした状態で午後に退院しました。

最後の放射線治療を終えたとき、看護師から「小林さんと今日でお別れなのが寂《さび》しいです」と言われました。「また来るよ」と言ったあと、「やっぱり、もう来ないようにするね」と言い直し、看護師と握手《あくしゅ》しました。

入院生活があったからこそ、これからますます元気に生きていける。そう確信して、病院をあとにしました。

しかし、妻はよほど心配だったのでしょう。担当医の佐塚医師に挨拶《あいさつ》し、カウンター越《ご》しに「先生、何か秘密はないんですか」と訊《き》いたそうです。病状について本人にも言えない変化がないのか、妻は最後まで疑《うたが》っていました。

「小林さんは、ただ一つショックなことがあったようですよ」

「何ですか」

「この入院中に1キロ太っちゃったことです」

担当医とそんな笑い話をしたことを、あとで妻が教えてくれました。病院ではきっちりとカロリー制限されており、間食《かんしょく》も過食《かしょく》もなかったはずですが、どういうわけか、入院前より1キロ弱、太ってしまいました。忙《いそが》しく仕事をしていないと、摂取《せっしゅ》したカロリーを消費しきれないのでしょう。

「退院してからは、思いきり仕事をしよう。そうすれば、少しばかり増えてしまった体重なんて、あっという間に元に戻るはずだ」

さあ、退院した翌々日からは、いよいよ念願の修学旅行です。入院患者だった私のスイッチはストンと校長へと切り替《か》わり、一気に仕事モードにチェンジしました。

私は「小林校長プロデュース」ともいうべきスペシャル版の修学旅行を自ら計画していながら、昨年は突然、発覚したがんの治療のために同行できなかったのです。お見舞いに来てくれた教員から、前年の修学旅行が大成功だったことを聞いていた私は、「今年こそ修学旅行で生徒たちと一緒に思う存分、楽しい時間を満喫《まんきつ》し、一生の思い出をつくろう」と、胸を高鳴らせながら、学校現場へとカムバックしました。

第６章

退院直後に 出かけた修学旅行

「小林校長プロデュース」の修学旅行

２０１７年９月27日（水）

放射線《ほうしゃせん》治療《ちりょう》の退院から息つく間もなく、９月27日から29日にかけて、２泊《はく》３日の修学旅行に同行しました。前年はがん治療のため泣く泣く参加を断念したため、２年越《ご》しでずっと思い描《えが》いてきた念願の修学旅行です。道中は生徒たちが旅行を楽しんでいるかどうか気が気ではありませんでした。

この修学旅行は、私が計画し、旅行会社のスタッフと綿密《めんみつ》な打ち合わせを繰《く》り返して実現したオリジナルのプログラムです。

通常の修学旅行では、旅館によっては、家からわざわざバスタオルやパジャマを持参しなければなりません。旅館のアメニティグッズを自由に使えるわけではないからです。また、食事は「上げ膳据《ぜんす》え膳」ではなく、布《ふ》団《とん》も部屋の隅《すみ》に自分たちでたたみます。一生に何度もない修学旅行なのですから、少しでも非日常を満喫《まんきつ》し、思い出に残る楽しい旅行にしてあげたい。そんな思いから、私は典型的な修学旅行ではない行程を提案したのです。

北陸新幹線で行く金沢・兼六園ツアー

まず私たちは、東京駅から早朝の北陸新幹線に乗って金沢へ向かいました。北陸新幹線は２０１５年３月に石川県・金沢市まで延《の》び、これにより、東京から高崎《たかさき》や軽井沢《かるいざわ》を経由し、北陸まで一本の新幹線で出かけられるようになりました。

なにしろ走り始めてまだ2年ちょっとですから、北陸新幹線は新しくてトイレや洗面台はとてもきれいですし、シートもほかの新幹線より少し大きく乗り心地がよいように工夫されています。頭があたる部分を自由に動

待ちに待った北陸・関西方面への修学旅行の朝、東京駅ホームで

かせることを生徒たちに教えたところ、「すごい！」と喜んでいました。

一つの車両は明豊《めいほう》中学校の貸し切りでしたが、もう一つの車両は一般客と一緒でした。ほかの乗客に気を使《つか》って静かにしながらも、初めての北陸新幹線に乗ってみんな大喜びです。

私は一人ひとりの生徒の顔を見ながら、新幹線の中で「どうだ？」と声をかけ、いろんな話をしていきました。

〝鉄男《てつお》くん〟（鉄道マニアの男子生徒）は北陸新幹線に乗れたのがうれしくて、うれしくて、仕方ないらしく、「校長先生、265キロの最高時速はどこで出るか知っていますか?」と興奮《こうふん》しながら教えてくれました。

金沢に着くと、すぐ兼六園《けんろくえん》に向かいます。兼六園は偕楽園《かいらくえん》（茨城県水戸《みと》市）や後楽園（岡山市）と並び、日本三名園と讃《たた》えられる、すばらしい日本庭園です。兼六園に到着すると、石川県立金沢商業高校（金商）の2年生が、観光ガイドとしてみんなを案内してくれます。金商の生徒たちはよく準備してくれました。

明豊中学校の生徒は各クラスが6班に分かれ、1班に一人ずつ金商のガイドがついてくれます。金沢市観光課の職員や金商の先生、生徒の代表が前年にPRに来てくれるなど熱心に迎《むか》えてくれました。

高校生ながら、ガイドに慣《な》れており、話し方も上手《じょうず》です。ワンパクな中学3年生も、高校生の先輩《せんぱい》の言うことはよく聞きます。みんなうれしそうに高校生ガイドにくっついて、兼六園をじっくり案内してもらいました。

豪華客船を貸し切って琵琶湖でディナークルーズ

それから午後1時半から5時まで3時間半かけて、バスで草津烏丸《からすま》半島港に向かいます。さらに琵琶湖《びわこ》で「ミシガン」という4階建ての豪華客《ごうかきゃく》船《せん》に乗り換《か》えます。この船の旅は琵琶湖でサンセット(日没)を楽しめる「サンセットクルーズ」です。

船の中ではディナーバイキングでした。これがまあ、実に豪華で、生徒たちは大興奮です。旅館の食事もいいですが、1回くらいは生徒たちの好きなものを、おなかいっぱい食べさせてあげたいではありませんか。

全船貸し切りの賑《にぎ》やかな食事が終わったあとは、ホールで歌ったり踊《おど》ったりのお祭りです。風船を使った出し物「バルーンアート」をやる生徒が

琵琶湖を周遊する豪華客船「ミシガン」の前で、乗船前のひととき

いたり、稲川淳二《いながわじゅんじ》さんのモノマネをして怪談《かいだん》を披露《ひろう》する生徒がいたり、思い思いの出し物をやってライブハウス状態でした。

　この日、宿泊したびわ湖大津プリンスホテルは、大人の私たちから見ても最高のホテルでした。

　38階建てのホテルの部屋からは、琵琶湖の湖面を一望できます。夜には比叡山《ひえいざん》の明かりが見えて風《ふう》流《りゅう》でした。日が暮れてしまうと琵琶湖の景色は見えませんが、朝になると目の前に大きな湖がドーン！ と開けるのです。

修学旅行というと、大部屋で枕投《まくらな》げをするのも思い出のひとつかもしれません。しかし、私は生徒を子ども扱《あつか》いせず、大人と同じような旅行を楽しんでもらいたかったのです。

生徒の中には、ホテルというものに生まれて初めて泊《と》まる子もいました。ホテルの基本的な使い方も知らないのです。見回りをしながらドアを開けると、そこにみんなの靴《くつ》が置いてありました。

部屋の中には靴のまま入ってかまいませんし、履《は》き替《か》え用のサンダルも置いてあります。玄関のクローゼットを開ければ靴置き場があり、サンダルが置いてあることも、かわいい生徒たちは知らないのです。修学旅行を通して、生徒たちにホテルに泊まるという貴重な経験をさせることも大事だと、そのとき、つくづく思いました。

北陸新幹線が開通する前から、私は密《ひそ》かに北陸周遊プランの修学旅行を計画していました。公立中学校であっても、こういうオリジナルの修学旅行を実施《じっし》できるのです。

京都の能舞台で650年前の伝統芸能を堪能

2017年9月28日（木）

2日目の朝。ホテルでバイキング形式の朝食をとった後、京都市内にある能楽堂《のうがくどう》「河村《かわむら》能舞台」へ出かけました。すばらしい日本の伝統文化を、生徒たちに体験してもらおうと思ったのです。

「河村能舞台」は京都御所《ごしょ》の近くにあり、京都のメインストリート烏丸《からすま》通《どおり》に面しています。外観は普通の住宅のように見えますが、中に入ると350人も入る能楽堂があります。そこでは、お師匠《ししょう》さんの河村純子《じゅんこ》先生が生徒たちに能について教えてくれます。

なぜ、室町時代から今日まで650年も能が続いてきたのか、大人でも知らない人が多いのではないでしょうか。

能の歴史について教えていただいたあとは、能舞台に上がって、実際にお面や衣装を着つける体験もあります。さらに能の代表的作品「高砂《たかさご》」を教えてもらい、みんなで謡《うたい》を実践してみるのです。

般若《はんにゃ》の面を見て、「これは男性でしょうか？　女性でしょうか？」と河村先生が問いかけ、親しみやすく話してくれます。般若のお面は無表情ですが、角《つの》が出てくると怒っていることが表現できるわけです。お面の口を隠《かく》すと、女性が泣いているように見えます。制約がある中、ちょっとした所作《しょさ》によって喜怒哀楽《きどあいらく》が表現できる。これも能の豊かな魅力です。

実際にお面をつけさせてもらうと、視界がわずかしかないことがよくわかります。なぜ能舞台に柱がついているのでしょうか。お面をつけると視界が狭《せま》くなるため、柱がないと舞台から落ちてしまう危険性があるのです。

能楽師は、柱を見ながら舞台上の距離感を測ります。

もし、舞台から落ちたときには、能楽師に「大丈夫《だいじょうぶ》ですか」と尋《たず》ねる前にお面の心配をするのです。モノによっては何百年も伝承《でんしょう》してきているわけですから、能の世界ではお面は命ほど大事なのです。

舞台上できらびやかな衣装を着られるのは、実は生きている人間ではありません。能に出てくる登場人物の６～７割は死んだ人、つまり幽霊《ゆうれい》です。死んだ人が霊になったときの悔《くや》しさを、能はお面を使って表現します。舞台の後ろに松と竹があるのですが、梅は花ですから置いていません。死んだ人が行き交う舞台に生きた花があっては、バランスがとれないからです。

室町時代の当時は、亡《な》くなった人と生きている人の境目が非常に曖昧《あいまい》でした。当時は乱世でしたから、町で死体を目にすることもありました。そんな世相の中で、能は亡くなった人の思いを語る舞台装置となったのです。

この修学旅行で河村純子先生の講義を聴《き》いてからは、私もたまたまつけたNHKで能を放送しているときには手を止めて見入ってしまうようになりました。能楽師が語る古語の意味はわからなくても、「あれは何をやっているんだろう」と考えると、仕草《しぐさ》から想像がつきます。能舞台で伝統文化を学んだ生徒たちにとっても、一生の思い出になったことでしょう。

「心の教育」としての修学旅行

2017年9月29日（金）

3日目の午前中は、班ごとの自由行動です。その後、お昼までに京都駅へ集合し、ランチバイキングを楽しんでから、東海道新幹線で帰路に着きました。これで東京→北陸→京都→東京と三角形に回る修学旅行はフィナーレです。食べてばかりの贅沢《ぜいたく》なグルメツアー、「どこへ行っても満腹《まんぷく》の旅」にみんな満足でした。

旅行会社のスタッフもホテルの従業員も、随行《ずいこう》の看護師も、「この修学旅行は僕のプランで実現したんですよ」と言ったら、驚《おどろ》いていました。アイデア勝負でいくらでも工夫できるのです。

私は「本物志向で心を揺さぶる感動体験を多く与える」という教育方針を掲《かか》げてきました。学校教育も経営ですから、旅行代というお金をかけるからには、費用対効果を意識しなければなりません。それが私の信念なのです。

私は、大学生時代に旅行会社で添乗員《てんじょういん》のアルバイトをしていました。そのときの経験が、今回の修学旅行につながっているのです。当時、私は「小林は添乗員に向いているよ。教員採用試験に落ちたら採用してあげるから、ウチで働かないか」と言われていました。

もし、教員採用試験に落ちて添乗員になっていたら、まったく違《ちが》う人生になっていたことでしょう。人の面倒《めんどう》を見る。人が喜んでくれることを、自分の喜びと感じる。そんなサービス精神が、今回の修学旅行計画に生きたのかもしれません。「これをやったら生徒が喜んでくれるだろうな」という思いが、私の行動意欲をかきたてるのです。

私はがんになってから、講演会やシンポジウム、特別授業の場で、病気について皆さんに積極的に自分の体験を伝えてきました。

「人に会い、人を励まし、人に喜んでもらう」

これが私自身のエネルギー源《げん》なのです。

第 7 章

生きる力を高める「がん教育」

がんとの戦いは、まだまだ続いている

2018年1月4日（木）

今日から、「左側の上肺」に放射線治療《ほうしゃせんちりょう》を始めました。

一昨年の夏、初めて入院したときは、「右上葉鎖骨《じょうようさこつ》付近のがん」の放射線治療と抗《こう》がん剤《ざい》治療を行い、さらに、昨年8月には新しい右鎖骨部分のリンパ節転移《てんい》の放射線治療をしました。そして、昨年暮れ、このがんが治療後にどうなっているかを確認したところ、左上の鎖骨付近に新たな転移が見つかったのです。

しかし、今回、転移よりもっと驚《おどろ》いたことがあります。それは、「鎖骨の付近まで肺がある」ということでした。自分の鎖骨あたりを触《さわ》ってみると、そこは肩か首という認識ですが、実はそこまで肺があるというのです。

このような感じで、相変わらずポジティブかもしれませんが、明るくがんと向き合っています。いまは通院30回、毎日原則午前10時に約1分の照射《しゃ》に通っており、週1回はレントゲンと採血《さいけつ》があります。

一番ショックだったのは、治療のため、今年は2年生の女神湖《めがみこ》スキー教室の引率《いんそつ》ができなくなってしまったことでした。

がんを克服したプロ野球選手

「ステージⅣの肺腺《はいせん》がん」と告知されてから今日に至るまで、私はなぜ、一度も「もうダメだ」と絶望しなかったのでしょう。

私が「絶対に負けない」と確信できた理由の一つとして、がんになる前から中学校で「がん教育」を推進してきたことが挙《あ》げられます。

「がん教育」の現場では、実際にがんにかかったゲストを招《まね》き、何度も体験談を聞いてきました。元プロ野球選手の横山忠夫さんもその一人です。

横山さんは北海道の網走《あばしり》南ケ丘高校で野球を始め、1967年には甲子《こうし》園《えん》で開かれる夏の高校野球の全国大会に出場しました。この甲子園大会での活躍が注目され、長嶋茂雄《ながしましげお》選手を生んだ立教大学野球部からスカウトされます。大学2年生のときには、明治神宮球場で開かれる大学野球の全国大会に出場、3年生のときには、ノーヒット・ノーランを達成します。

名門・立教大学野球部で目覚《めざ》ましい活躍をした横山さんは、1971年秋、川上哲治監督《かわかみてつはるかんとく》率いる読売ジャイアンツからドラフト1位で指名されました。ジャイアンツが1965年から1973年まで9年連続で日本シリーズを制覇《せいは》した「V9」の真っ最中ですから、まさしく全盛期です。

ジャイアンツでピッチャーとして活躍し、引退後は東京・池袋で手打ちうどん店「立山」を開店しました。ちなみに店長が「横山」なのに店名が「立山」なのは、経営が傾《かたむ》いてはかなわないとゲンを担《かつ》いだのだとか。

その横山さんは、大腸《だいちょう》がんに続いて、肝《かん》がんに見舞《みま》われました。しかし、夫人からの生体肝移植を受けて、肝がんを見事に克服したのです。

横山さんの存在を知った私は、中学校で毎年、講演会を開催し、生徒や教職員を前にがんの体験を語っていただいています。横山さんの話を聴《き》くたびに「本当にお元気ですごい！」と感心していました。

しかも自分の兄弟やお子さんではなく、血がつながっていない夫人から肝臓をもらったわけです。健康な夫人が、自分の臓器を一つ切り分けてでも夫の命を救いたいとの思いで移植に臨《のぞ》まれたとは、すごいことです。

実は、私は生体肝移植というのは、子どもや親など肉親から臓器をもらうものだと勝手に思い込んでいました。血縁関係がないドナー（臓器提供者）から提供された肝臓であっても、手術が成功して元気で生活することができるということを、横山さんの体験を通して知った私は、「がんとはこうやって治せるのか」と心から感動していました。そのおかげで、「私がもし、がんにかかったとしても、最初からあきらめる必要はない」「私だって、横山さんのようにがんを治せるのだ」と強く信じていたのです。

私が「ステージⅣの肺腺がん」と言われても「絶対に治せる」と確信した理由は、ほかにもあります。がん検診が普及《ふきゅう》し、検査の精度が進展したことによって、がんが発見される確率は増えました。さらに、医療技術や薬の進歩によって、がんが治る人は確実に増えています。

ですから、がんと診断されたとしても、むやみに恐《おそ》れる必要はありません。がんにかかってしまったとしても、そのときは自分に最も合う治療を受けられるネットワークをつくればいいのです。

私の場合、東京都健康長寿《ちょうじゅ》医療センターのすばらしい医師や看護師との出会いがありました。また、陰に陽に、私を全力で応援してくれる家族や仲間たちがいました。がん教育の講師・林和彦先生とも、がんになったからこそ出会えたわけです。

50代半《なか》ばの若さにして、現役の校長という立場でありながら、私は重いがんにかかりました。そのことには、きっと意味があるはずです。このがんを克服し、元気になっていかなければならない。「そのために選ばれし、がんとの出会いだ」と達観《たっかん》するに至ったのです。

闘病中に続けたメール交換ノート

闘病《とうびょう》中、私は入院生活の様子を仲間にメールで配信し続けてきました。闘病の様子を細かく記録することは、何よりも私自身にとっての強い支えとなっています。この記録があったおかげで、あとで詳《くわ》しく記憶をたどりながら本書を綴《つづ》ることもできました。

入院中、私と同室だった患者《かんじゃ》さんや病院のスタッフは、「小林さんのところは、なんでこんなに大勢の見舞い客がやってくるのか」と苦笑していたかもしれません。まさしく、「千客万来《せんきゃくばんらい》」で、毎日大勢の友人たちが次々と見舞いに来てくださったのです。

その中の一人が、桒原允《くわはらまこと》さんです。彼は、私が入院していた病院の近くの中学校に勤務する若手教員で、仕事帰りや休日の部活動指導の合間を縫《ぬ》って、家族より多く、毎日のように見舞いに来てくれました。

入院して一カ月目のころ、病棟《びょうとう》の談話室で仕事の話になり、彼から、「担任として、文化祭の合唱練習をどのように指導すればよいか？」との相談を受けたことがあります。

私は、「まずは、歌いたくない生徒を指導するより、大きな声で歌う生徒を激励《げきれい》して、歌う仲間を増やすこと。歌わない生徒も決して歌っている生徒の邪魔《じゃま》はしない。生徒を叱《しか》って、歌う楽しさに水を差すより、歌うことが楽しくなるような指導を心がけるべきではないか」と熱く語りました。

そうした姿を見ていたほかの患者さんや、その家族の方からは、「小林さんの姿からは、勇気や元気がもらえるな」とか「患者がだれだか忘れてしまうな」などと、よく言われました。

こうした方々の存在、メールや電話でひっきりなしに私を応援してくださる通称《つうしょう》「チーム小林」の仲間のおかげで、私は力強く闘病生活を送ることができました。

一人で孤独に病気と戦うよりも、チーム・集団で戦ったほうがいいに決まっています。自分が抱《かか》えている病気について敢《あ》えて多くの人に公言し、自分の病気についてメッセージをどんどん発信していく。こちらから情報をオープンにしていけば、反対に激励や応援《おうえん》、知らなかった情報が返ってくるものです。パソコンやスマートフォンを活用すれば、どこにいたって情報は発信できます。スマートフォンのテレビ電話機能を使えば、病院にいてもお互《たが》いの顔を見ながら話ができます。

入院中は、医師や看護師とも活発なコミュニケーションをとることを心がけてきました。医師や看護師とて同じ人間ですから、患者がブスッとした顔をしていたり、自分が考えていることを何も口にしなければ、うまくいくはずの治療だって足踏《あしぶ》みしてしまいます。四六時中ジョークを飛ばしながら、私は医師や看護師、病院のスタッフという同志とスクラムを組むことに努めました。私は体調の変化をつぶさに観察するために、体温や血圧、血糖値などの数値を毎日記録していました。

また、痛みや違和感があれば必ず記録したり、不安に思うことは日記に書いて看護師からアドバイスや励《はげ》ましをもらいました。

私は学校で、いつも生徒たちに「日記を書きなさい」と口をすっぱくして言ってきました。その私が、まさか自分の娘《むすめ》と同じくらい若い看護師たちと交換ノート（日記）をするようになるとは思いもしませんでした。

（この交換ノートは当時の看護師長さんの発案によるものだそうです）。

入院中、たくさんの励ましやアドバイスが綴られた看護師たちとの交換ノートは大切な宝物

〈うちの病棟に小林さんが来てくださったのもご縁《えん》だな、とノートを読ませていただきながら、ウルウルしました（だいぶ涙もろいのです）。うちの病棟のモットーは「支え続ける」と「つなぐ」です。自信をもってがんばります。つらくないときもつらいときも、どんなときもお声がけしていきますね〉

〈いつも小林さんの笑顔や声がけで、今日も一日、がんばろうと思えますよ〉

〈小林さんの体力、気力で病《やまい》に打ち勝っていきましょう！　私にとっても小林さんはエネルギーになってます！〉

こうしたメッセージを交換ノートに綴ってもらうたび、「今日もよくがんばった。明日も負けないぞ！」という闘志《とうし》がみなぎりました。

「話す力」と「聴く力」

がんに負けず、強く生きていくための秘訣《ひけつ》は何か。がん患者には「話す力」と「聴く力」が必要だと私は思います。

自分と同じような体験をした患者の話を、できるだけたくさん聴く。治療に成功した人の話、闘病体験者の苦労、いまも治療のため努力を続けている人の体験談、困難に立ち向かう挑戦者の話には、必ずこれからの自分にとって生き方の参考になるヒントがあります。彼らの話は心に刻《きざ》まれるはずです。

人の話を聴くと同時に、自分の体験をできるだけまわりの人に話すことも大事ではないでしょうか。いま、自分が抱えている気持ちや状況について、繰《く》り返し人に話すにつれて、頭の中はしだいに整理されていきます。

がんについて積極的に話をすれば、まわりの人たちは強く励ましてくれるでしょう。すると、エールを受けた患者は前向きな決意ができます。人は人からしか学べません。強く生きていくためには、人とかかわるしかないのです。

「こういう治療を受ければ、５年生存率が××パーセントまで高まる」といった机上《きじょう》の知識をどんなにもっていたところで、がんには勝てません。人間が生きるためには、学問的な知識だけでなく、体験と実践に根ざした智慧《ちえ》が必要なのです。

前述の元プロ野球選手・横山さんのように、がんになってから、ますます元気になった人の体験談を普段からたくさん聞かせてもらっていれば、いざというときに負けない強い人間になれます。体験に勝《まさ》るものはありません。実践と実験証明に勝るものはないのです。

がんであることを仕事上、隠《かく》さなければいけない人もいるかもしれませんが、そのような制約がない場合は、積極的に自分の思いを吐露《とろ》したほうがいいと私は思います。つらい思いを語れば、目の前に立ちはだかる高いハードルを少しでも下げることができるでしょう。

人と語り、人の話に耳を傾《かたむ》ける行動が、がん患者にとってどれだけ強い生き方につながるか。一人きりで考えこんでいたら、だれだって弱気に打ち負かされてしまいます。

人に話をし、人の体験を聴く。「話す力」と「聴く力」を磨《みが》くことによって、心という大地が豊かになるのです。

「がん＝死に直結する病」なのか？

これまで私は、生徒たちと一緒《いっしょ》に東日本大震災の被災地《ひさいち》を何度も訪《おとず》れてきました。被災地には、大地震と大津波によって家や思い出、幼いころからの原風景《げんふうけい》をいきなり失ってしまった被災者がいます。

あのような悲惨《ひさん》な出来事に見舞われたとき、人はだれしも夢も希望もなくしてしまうでしょう。「これから自分はどうやって生きていけばいいのだろう」と、将来に対して不安になってしまうのは当然です。

がんを告知された人も、被災者と同じように夢も希望もなくしてしまうかもしれません。これまで何の心配もなく平和に生きてきた人が、いきなり死の恐怖を突《つ》きつけられ、死へのカウントダウンが始まったかのような錯覚《さっかく》に陥《おちい》ってしまう。

外的要因（震災）と内的要因（病気）という違《ちが》いはありますが、いずれも人間から生きる希望を奪《うば》う「奪命者《だつみょうしゃ》」と言えるかもしれません。

しかし、人間には、震災にも病気にも負けない無限の強さがあります。

津波で家を流された人、家族を突然失った人、がんにかかった人。こうした人々が、みんな夢と希望を失って寂《さび》しく死んでいくわけではありません。焼け野原のように困難な戦場に置かれたとしても、人はそこから必ず花を咲《さ》かせることができます。負けじ魂《だましい》と生きる力は、間違《まちが》いなく泉のように湧《わ》いてくるのです。

10代の多感な時期から「がん教育」を推進していけば、「がんは決して怖《こわ》いものではない」という知識が身につきます。

私は「がんはまったく恐るるに足らず」と言っているわけではありません。がんを「正しく恐れる」ことが大事だと思うのです。がんの正体を知り、がんとの戦い方について専門家と作戦を練《ね》る。そうすれば、患者は戦いに果敢《かかん》に挑《いど》むことができるのです。

国立がん研究センターは、2017年のがんの罹《り》患数《かんすう》は101万4000人という予測数値を発表しました。2017年のがん死亡数は37万8 0

00人。いずれも過去最多の数値です。

しかし、多くの罹患者は病気と戦いながら、生きているのです。なぜ、マスメディアの報道は、そちらの数字を強調しないのでしょうか。100万人の患者が新たに見つかっても、多くの患者は依然《いぜん》として生きられる。より長く元気で生きるために、早期発見・早期治療をどうやって推進していくか。悲観ばかりせず、生きるための方法を模索《もさく》するほうが先決です。

教員生活、人生の総仕上げへ向けて

この本を執筆《しっぴつ》中の私は56歳ですから、定年まであと4年の時間がありますす。これからが、校長としての教員生活の総仕上げです。

「がん教育や防災教育なんて、公立中学校でやる必要はない」と考える校長や親御《おやご》さんもいます。しかし、がん教育や防災教育は生命にかかわる一大事です。10代の多感な生徒たちに、がん教育や防災教育を施《ほどこ》す意味は極めて大きいと私は信じます。

かつては「ステージⅣのがん治療は間に合わない」と考えられていたかもしれませんが、いまはそうではありません。患者と家族が励まし合いながら、以前とは比べものにならないほど、がん患者が長く生きられる時代になりました。そうこうしているうちに、がんを完治できる夢の治療薬が開発されるかもしれません。

防災教育もがん教育と同じく、いつの時代も絶《た》えず続けていくべきものです。がんを根絶《こんぜつ》できないのと同じように、地震や津波も、一度起こればもう起きないわけではありません。津波や地震対策、集中豪雨《ごうう》対策など、いつでも起こりうる都市型災害を、生徒たちに意識させる。生徒たちの生命を守るために、私たちは防災教育とがん教育に本気にならなければなりません。

とりわけ、がん教育は、がん患者である私に与《あた》えられた重要な使命です。できればがんを完全に治したいですし、たとえ１００パーセント完治できなかったとしても、がんという好敵手とうまくつきあっていきたい。私が毎日、元気な姿で「がん教育」のライフワークを続けることが、使命を果たすことなのです。

私は、これからも校長として、生徒が喜び輝《かがや》く学校づくりを、ますます本気でやっていきたいと決意を新たにしています。

学校は学力を鍛《きた》える場ですが、同時に人格の形成をする道場でもあります。これからも一人ひとりの生徒に、「心の教育」「命の教育」をしていきたい。生徒たちに、力強く生きるための智慧を教えていきたい。教員人生の総仕上げへ向けて、私の心は情熱で燃え盛っています。

私のモットーは「心を感じ、心を読み、心で動く生徒の育成」です。この「生徒」の部分を「先生」あるいは「人間」と置き換《か》えてもいいでしょう。

私自身ががんにかかってから、「心の教育」と同時に「命の教育」こそが大事だと肌身《はだみ》で痛感しました。災害に遭《あ》ったり、がんにかかったりしても負けない。みんなで支え合って生きていく。いまは子どもたちが簡単なことで命を落とすような時代だからこそ、「命の教育」が喫緊《きっきん》の課題なのです。

「小林校長の学校に赴任《ふにん》してきた先生は、以前よりも必ず元気になる」

「小林校長の学校に入学してきた生徒は、絶対に楽しい学校生活を送れる」

まわりの皆《みな》さんからそう言ってもらえるよう、これからも私は命がけで防災教育とがん教育を実践していきます。

特別対談

「がん教育で変わる日本の未来」

林和彦（東京女子医科大学がんセンター長）×小林豊茂

はやし・かずひこ●1961年、東京都生まれ。医学博士。東京女子医科大学化学療法・緩和ケア科教授、がんセンター長。2017年1月に特別支援学校自立教科教諭と、中・高の保健科教諭それぞれの一種免許状を取得。

「がん教育」は、いまや文部科学省も推進し、次期学習指導要領にも明記されることになりました。
これまで「がん教育」を力強く推進してきた林和彦医師と小林豊茂校長が、「がん教育」の現状や展望について語り合いました。

「私と二人でがんの授業をしませんか」

小林　本校で実施《じっし》した「がん教育」の土曜授業（2017年5月13日）の模様が、「親子で知ろう！　がんのこと」として、NHKの朝の情報番組『あさイチ』で放映されました（7月26日）。放送するにあたって、NHKの担当者の方が、何度も学校に足を運んでくれました。

林　私も出演するからには、がんの専門家としてきちんと伝えたかったので、「あまりバラエティー番組のような手法はとってほしくない」などの意見を言わせていただき、直前まで内容のすり合わせを行いました。

――放映された土曜授業は、明豊《めいほう》中で行われた林先生による2回目の授業です。1回目は3月4日でした。お二人はそのときが初対面。その場で次回の授業も決められたそうですね。

林　そうです。ただ1回目のときは、小林校長は肺腺《はいせん》がんの治療《ちりょう》で入院していると聞いていました。ですから、当日、お見かけした際には「退院された」と思っていたのですが、病院を抜《ぬ》け出してきたっておっしゃって……。

小林　担当医から外出許可はもらっていましたけど（笑）。授業終了後、林先生とはぜひお話をしたくて、校長室に来ていただきました。

林　そのときのことは鮮明《せんめい》に覚えています。話に引き込《こ》まれて、時間の経過に気づかないほどでした。教育者としての姿勢やがん患者《かんじゃ》としての振《ふ》る舞《ま》い、心情をお聞きするにつれて、私だけでとどめておくのはもったいないと思い、「私と二人でがんの授業をしませんか」と申し上げたのです。

小林　これからの時間をがん教育に捧《ささ》げるのが私の使命だと感じていただけに、先生からのお声がけは非常にうれしく、すぐに日程を確認して、5月13日に決定しました。こうして振り返っても、お会いしたことが偶然《ぐうぜん》とは思えないのです。

全校生徒が「命」について考えた

――どのように準備を進められたのですか。

小林　本校では、以前からがん教育や防災教育を通して命の大切さを伝える授業を展開していました。ですから今回も、林先生の話を聞くだけにはしたくありませんでした。そこでまず、春休みの課題として、全校生徒に「命について」の作文を書いてもらうことにしました。林先生も、何度となく来校され、一緒に企画を検討してくださいました。

林　がん教育は道徳の一環《いっかん》と位置づけることも、保健体育の枠組《わくぐ》みでとらえることもできます。そのため、学校との打ち合わせは大切にしています。今回は、小林校長と一緒《いっしょ》に授業をするということで、さらに万全《ばんぜん》を期したいとの気持ちがありました。生徒さんへの事前アンケートや全員の作文を読ませていただき、参考にしました。

小林　当日は、1時間目は各クラスで命について考える授業を行った後、体育館に移動して、代表4名による作文、先生の授業という構成でした。

林　この4名の洞察力《どうさつりょく》や感性は、本当にすばらしかったですね。私から彼らに直接質問をしながら講評《こうひょう》をし、授業の導入《どうにゅう》としました。

ですが、今回の授業のメインは、小林先生のお話だったと思っています。

先生の語ったこと、とくに「がんの悩《なや》みは一人で抱《かか》えるのは大きすぎるから、周囲の人にがんであることを話して助けてもらえばいい、それは恥《は》ずかしいことではなく、励《はげ》まされているうちに元気になってくる」という話は、多くの生徒たちの心に響《ひび》いたはずです。先生のがんに負けない前向きな生き方、周囲をも元気づけてしまう姿は、私ががん教育で伝えたいと思っている理想像そのものです。

「がん教育」は禁煙教育でもある

――林先生は2017年1月に特別支援《しえん》学校の自立教科と、中高の保健科の一種免許状《めんきょ》（教員免許）を取得されましたね。

林　はい、医師としての仕事はこれまでどおりに行いながら、3年間、血のにじむような努力を重ねました。

小林　林先生が教員免許までとられてがん教育に取り組む情熱に、私は本当に頭が下がる思いでいるのです。

林　私は数年前から、実際に学校に足を運び、がん教育の授業をしてきました。そうするうちに、子どものことをもっと知りたいと思うようになったのです。また自分が「教育」について、あまりに無知《むち》であることも痛感《つうかん》しました。教員免許を取得したことで、学校の先生方との距離が縮《ちぢ》まり、よりよい授業ができるようになったと感じています。授業後のアンケートで、「家族にがん検診をすすめたい」と思う子どもが大幅《おおはば》に増えたり、「がんへの認識が変わった」などと書かれた感想を見ると、やりがいを感じます。

小林　本校で土曜授業をしていただいた後のアンケートでも、「命の大切さがわかった」「がんの人がいたら励まそうと思う」「早く見つければ治る病気だとわかった」などの感想があり、先生の話をきちんと受け止めていました。とりわけ多かったのが、「たばこは絶対吸《す》わない」「親に禁煙《きんえん》をすすめる」などの記載でした。これまでの禁煙教育は何だったのかと思うくらい、がん教育には禁煙教育の効果があることがわかりました（笑）。

――東京・豊島区は、他の自治体に先んじて、がん教育に取り組んでいると聞いています。

小林　子どもたちの将来にわたる健康づくり、がんの検診率アップなどをめざして、2013年4月に豊島区がん対策推進条例が施行《しこう》されました。そして、独自のがん教育プログラムをつくり、全国で初めて、区立のすべての小中学校で授業を展開しています。

林　プログラムの開発は前例がないため、国立がんセンターなどの協力を得て行ったと聞いています。先見性のある区です。

小林　本校でも、教職員がこうしたがん教育の活動を応援《おうえん》してくれており、私が比較的《ひかくてき》自由に動けるのは、こうした背景があるからです。

林　がん教育の推進には、先生方の意識の変革《へんかく》も重要だということですね。

小林　そのとおりです。

2年後に全国の小学校でスタートする「がん教育」

——国はがん教育の全国展開をめざしていますが、実現させるためには何が大事でしょうか。

林　文部科学省は、小学校は2020年度、中学校は2021年度、高等学校では2022年度から、がん教育を全国で完全実施するとしています。『あさイチ』では、がん教育について伝える効果がありました。今後は、全国展開するためのしくみづくりが急がれます。

小林　テレビの影響はすごいですね。放送後、私のところに何件も問い合わせがあり、その中には私への講演《こうえん》依頼《いらい》もありました。生徒や教員の中にがんの闘病《とうびょう》中の方がいて、がんを抱えながらがんばっている方の話を聞かせたいということでしたね。

林　それはいいですね。先生の生きざまを多くの人に知っていただきたいと思う私にとっても、うれしい話です。がん患者やがん専門医の話を直接聞く意義は大きいですね。ただ、小林先生や私が、全国を飛び回って授業をすることは不可能です。私たちと志《こころざし》を同じくする方の数にも限りがありますから、同じ思いでがん教育に取り組んでくれる医療者や教員を増やしていかなくてはなりません。とはいえ、全国の学校で普遍的《ふへんてき》な授業をするためには、個別対応では到底、間に合いません。外部講師と学校側の連《れん》携《けい》を円滑《えんかつ》にするなどの工夫が求められます。

小林　東京都は、学校と医療の現場を結び、がん教育を積極的に進めていくために、医師会、学校保健会、行政関係者による「がん教育推進協議会」を設置しました。

林　教員向けの研修、校医と専門医の勉強会などの学校支援も重要になってきます。また、専門医などの講師を呼ぶのが難しい地域では、テレビ会議システムなどを活用した遠隔《えんかく》授業や、映像データの利用なども考えていく必要があると思います。

――中学校の次期学習指導要領の保健分野に、がんについての一文が入りました。

小林　一つの疾患《しっかん》の名前が載《の》ったのは1998年のエイズ以来、20年ぶりの画期的《かっきてき》なことです。

林　「健康な生活と疾病《しっぺい》の予防」の中で、ほかの生活習慣病と同様に「がんについても取り扱《あつか》うものとする」と明記されました。

このことで、今後の保健の教科書では、がんについて必ず取り上げることになります。さらに高等学校の次期学習指導要領にも明記される見通しで、がん教育の強い後押《あとお》しになります。

がん教育は「意識を高める教育」

小林　防災教育や人権教育と同様に、がん教育も知識を得て理解を求めるものではなく、意識を高めていく教育です。中学生のときに「たばこは絶対に吸わない」と決めたとして、法律的に喫煙《きつえん》を許される年齢になったとき、それでも「吸わない」と思うかどうか、そのための教育なのです。この意識をもつためには、何度も学ぶ必要があります。

林　なるほど。「意識を高める教育」ですか。脳《のう》の発達段階に合わせて、繰《く》り返し伝えること・学ぶことが必要ということですね。今年もさまざまな医療関係の学会に参加していますが、うれしいことに、明らかにがん教育に対する関心が高まり、意識が変わってきていることを感じています。この追い風を逃《のが》さず、質の高いがん教育を届けられるようにしたいと考えています。

小林　私の役割は学校現場の改革だと思っています。ですから、ほかのどの教師よりも声を大にして、がん教育の重要性を訴《うった》えていきたいですね。

林　子どもたちの未来のために、協力しあって、できる限りのことをしていきましょう。

※この対談は月刊教育誌『灯台』２０１７年10〜12月号に掲載された記事をもとに再編集しました。

あとがき

まずは、不思議な出会いから、この本の出版にご尽力いただいた東京女子医科大学がんセンター長の林和彦先生と第三文明社の皆さまに御礼申し上げます。

楽天的な私は、がんにかかって入院するようになってからも、悪夢にうなされたことはまったくありません。ただし、不安がないかといえばウソになります。がんをもっている私たちが恐《おそ》れているのは、転移《てんい》や再発です。「検査では何も転移や再発は見つかりませんでした。一カ月後にまたCTを撮《と》って確認しましょう」と言われれば、そのときは「向こう一カ月は何事もなく生きられるな」とホッとします。「いよいよ来週は検査だな」と思うと、「この検査で違《ちが》うところにがんが見つかったらどうしよう」と不安が頭をもたげるのです。

こうした不安は、決してゼロにはなりません。一日一日、人間の気持ちはデリケートに変化するものです。私も知識として「5年生存率」という一つの指標があることは知っています。ステージⅣのがんが見つかってから5年経《た》つ前に亡《な》くなる人もいれば、5年よりもっと長く生きる人もいるでしょう。5年は一つの節目《ふしめ》であって、この数字にとらわれすぎることには意味がありません。「5年過ぎたらその先はいよいよ不安だ」とか、「5年経たないうちに亡くなったら悔《くや》しい」ということではないと思うのです。がん発見から5年以上生きられようが、限られた命がいつか終わりを告げようが、生命力を満たし、ノンストップで突《つ》っ走るしかありません。なにしろ、私にとってのこれからの人生はすべて「生かされた命」なのです。

校長として現役バリバリである50代半《なか》ばにして、私には重いがんが見つかりました。しかし、私は元気に闘病《とうびょう》し、人生と真剣《しんけん》に向き合っています。

もし、健康診断で異変《いへん》が見つからなければ、それからがんはどんどん大きくなり、取り返しがつかないことになっていたでしょう。健康診断で見つかったからこそ、こうして早期に治療《ちりょう》を開始できて、いまがあるのです。私が元気な患者《かんじゃ》だったおかげで、見舞《みま》い客や病院で出会った患者、家族や友人・知人が逆に元気をもらうこともあったでしょう。がんにかからなければ、私という存在をとおして、こうしてだれかに元気を与えることはできませんでした。がんがなければいまの私はないし、がんにならなければ、講演やシンポジウムで皆さんと出会うこともなかったはずです。こうして本を出版することだってありませんでした。がんになったからこそ、もう一つの私の新しい人生が始まったのです。

教員や校長の仕事が終わって退職したあと、普通ならば自分がやりたいことをやる余生《よせい》を過ごすのでしょう。60歳、70歳、80歳と年齢を重ねたときに、何を目標にどう生きていくのか。

いまの私は、遠い先の未来のことよりも「一日一日をどう生きていくか」ということで頭がいっぱいです。がんになったからこそ、人生についての視点がガラリと変わり、いままでにない充実《じゅうじつ》した瞬間《しゅんかん》、瞬間を歩めるようになったのです。

最後に、東京都健康長寿医療センターの呼吸器内科部長・山本寛《ひろし》主治医、佐塚《さづか》まなみ担当医、9階東病棟の看護師長をはじめ、看護師・スタッフの皆さまに、この「生かされた命」を大事にする決意をもって感謝の意を表したいと思います。

がんになっても、校長先生は病気になんて負けてはいられない。これからが私の戦いの本番なのです。

「勝つことよりも、負けない人生を送る」をモットーに。

２０１８年３月16日

小林豊茂

【プロフィール】

小林　豊茂 (こばやし・とよしげ)

1961年、東京都生まれ。創価大学教育学部を卒業後、東京都の教員採用試験（中学校社会科）に現役合格し、教員となる。東京都江戸川区、北区で教諭として14年間務めた後、葛飾区教育委員会、東久留米市教育委員会などに勤務。2008年4月、豊島区立千川中学校に校長として着任。2014年4月からは豊島区立明豊中学校で校長を務める。全国新聞教育研究協議会会長として、学校で新聞を教材にして学習する活動「ＮＩＥ」（教育に新聞を）にも取り組む。2016年夏、健康診断でステージⅣの肺腺がんが見つかる。最大で4cmにまで成長したがんを克服し、闘病を続けながら、現役の中学校長として「がん教育」推進に尽力する。

装幀・本文デザイン　クリエイティブ・コンセプト
装画　もりたゆうこ
写真　吉田じん
PIXTA
時事通信フォト
資料提供　東京都健康長寿医療センター
取材協力　林和彦（東京女子医科大学がんセンター長）
編集協力　『灯台』編集部
中野千尋
真壁恵美子
編集ディレクション　朝川桂子

校長先生《こうちょうせんせい》、がんになる

2018年 3 月16日　初版第1刷発行
2018年10月 2 日　初版第2刷発行

著　者　小林豊茂《こばやしとよしげ》
発行者　大島光明
発行所　株式会社　第三文明社
東京都新宿区新宿 1-23-5
郵便番号　160-0022
電話番号　03（5269）7144（営業代表）
03（5269）7145（注文専用）
03（5269）7154（編集代表）
振替口座　00150-3-117823
URL　http://www.daisanbunmei.co.jp
印刷・製本　中央精版印刷株式会社

ISBN978-4-476-03373-1